歷代全集叢刊／張印棟主編

蘇子由遺著彙刊

（第二册）

（北宋）蘇轍　撰

河南人民出版社

欒城集卷第七

詩五十六首

次韻子瞻送范景仁遊嵩洛

尋山非事役，行路不應難。洛浦花初滿，嵩高雪尚寒。平林抽凍筍，奇艷變山丹。節物朝朝好，肩輿步步安。酴醾釀酒首，蓿薦朝盤。得意忘春晚，逢人語夜闌。歸休三黜柳，賦詠五噫鸞。鶴老身仍健，鴻飛世共看。雲移忽千里，世路脫重灘。西望應思蜀，東還定過韓。平川清步穩，絶頂上封壇。出處看公意，令人欲棄官。

送蔣夔赴代州教授

憶遊太學十年初猶見胡公豈弟餘遍閲諸生非有道最憐能賦似相如青衫共笑方持板白髮相看各滿梳暫免百憂趨長吏勉調三寸事新書

次韻宿州教授劉涇見贈

此身雖復類潜夫衰老無心強着書道路不知奔走賤交遊空怅往還踈弦歌更就三年學薄領唯添一味愚它日相逢定何處莫將文采笑空踈

徐州送江少卿

夜雨泗河深曉日輕舟發帆開送客遠城轉高臺没居人永瞻望歸意何倉卒公來初無事豐歲多年麥

鈴閤度淸風芳罇對佳客登臨未云厭談笑方自適
朝廷念鰲老府寺處淸劇何以寄風流江山遶官宅

次韻子瞻寄眉守黎希聲

眼看狂瀾倒百川孤根漂蕩水無邊思家松菊荒三
逕回首謳歌滞二天簿領沉迷催我老春秋靡格累
公賢隣居屈指今誰在一念傷心十五年轍昔侍先人於京師与希声隣居太李前是時公之亡兄之二十姝皆在今十五年而在者唯公与僕二人言與流涕

和李邦直學士沂山祈雨有應

宿雪雖盈尺不救春夏旱吁嗟遍野天不聞歌舞適
宵龍一戰旋開雲霧布旌旗復遣雷霆助舒卷雨聲

一夜洗塵埃流入溝河朝不見但見青青黍與禾老
農起舞行人歌汙邪滿車尚可許供輸到骨期無它
水行天地有常數歲歲出入均無頗半年分已厭枯
槁及秋更恐憂滂沱誰能且共蛟龍語時布甘澤無
庸多

陪子瞻遊百步洪

城東泗水平如席城頭遠山銜落日輕舟鳴櫓自生
風渺渺江湖動顏色中洲過盡石縱横南去淸波頭
盡白岸邊恠石如牛馬銜尾舳艫誰敢下没人出没
須臾閒却立沙頭手足乾客舟一葉乂未上吴牛回

首良閒閑風波蕩濤未可觸歸來何事嘗艱難樓中吹角莫煙起出城騎火催君還

李邦直見邀終日對卧南城亭上二首

一徑坡陁草木間孤亭勝絶俯川原青天圖畫四山合白晝雷霆百步喧煙柳蕭條漁市遠汀洲蒼莽白鷗翻客舟何事來忽草逆上波濤吐復吞

東來無事得遨遊奉使清閒亦自由撥棄簿書成一飽晋連語笑失千憂舊書半卷都如夢清簟横眠似欲秋鬧説歸朝今不久塵埃還有此亭不

次韻邦直見答二首

真能一醉逃煩暑定勝三杯禦臘寒自有詩書供求日莫將絲竹亂風灘舞雩何處歸春莫叩角誰人怨夜漫聞道丹砂近有術錙銖稱火共君看

五斗塵勞尚足畱閉門聊欲治幽憂羞爲毛遂囊中穎未許朱雲地下遊無事會須成好飲思歸時亦賦登樓羨君幕府如僧舍日向城隅看浴鷗

再次前四首韻

城頭棟宇恰三間楚望淒涼弔屈原雨洗山川百里淨風吹語笑一城喧鄉書莫問經時絶歲事初驚片葉翻南近清淮鱸鱖好釣筒時問有替吞

謬將疎野託交遊平日論心亦有由科第聯翩叨舊
契利名疎闊少新憂清談已覺忘朱夏濁酒先防虐
素秋多病無聊唯有睡頻頻詩句未嫌不
野鶴應疑鳧鴈苦夏蟲未慣雪霜寒隱居顔氏終安
巷垂釣嚴生自有灘破宅不歸塵可掃下田初種水
應漫退耕尚作悠悠語拙宦猶須步步看
欲作彭城數月畱溪山勸我暫忘憂城頭隼擬中秋
望臺上遷延九日遊嵐氣雨餘侵近郭江聲風送隱
危樓汀洲聚散知誰在且學漂浮水上鷗

雨中陪子瞻同顔復長官送梁燾學士舟行

歸汶上

客從南方來信宿北方去手棹木蘭舟不顧長江雨江昏氣陰黑雨落無朝暮蕭蕭赴波濤濛濛暗洲渚微凉入窻闥斜吹濕蕉苧漂灑正紛紜談笑方容與不知江路長但覺青山鶩客去浩難追落日平西浦東遊本無事愛此山河右周旋樽俎歡邂逅英豪聚玆遊有遺趣此樂恐冝屢賤仕廹程期遷延防譴怒秋風日巳至輕舸行當具陰森古城曲蒼莽交流處懸知别時念將行重回顧非緣一寸禄應作二年住

同子瞻泛汴泗得漁酒二詠

江湖性終在平地難久居渌水兩新漲扁舟意自如
河身縈疋素洪口轉千車願言棄城市長竿夜獨漁

又

懶思久廢詩病腸不堪酒強顔水石間濫蹟賓主後
不知白浪翻但惟青山走莫隨使車塵豈畏嚴城斗

明日復賦

放舟城西南却向東南泊朝來兩新霽白水浸城脚
古汴多流苴清泗亦浮沫平呑百澗暴減盡三洪惡
遊人不勝喜水族知當樂舟行野鳬亂網盡脩鱗躍
香醪溜白蟻鱠縷填花萼人生適意少一醉皆應諾

同遊非偶然後會未前約簡書尚見寬行日爲公却

贈吴子野道人

食無酒肉腹亦飽室無妻妾身自好世間深重未肯回逹士淸虛輙先了眼看鴻鵠薄雲漢長笑駑駘安棧皁腹中夜氣何郁郁海底朝陽常杲杲一壓不顧舊出深萬里來看故人老空車獨載王陽橐遠遊屢食安期棗東州相逢眞邂逅南國思歸又驚矯道成若見王方平背癢莫念麻姑爪

李邦直出巡青州余不久將赴南都比歸不及見矣作詩贈别

東道初來託故人南樓頻上泗河濱江山尚有留人
意樽俎寧當厭客貧顧我及秋行不久問君觸熱去
何因西歸涼冷霜風後濁酒清詩誰與親

司馬君實端明獨樂園

子嗟丘中親執麻邵平東陵親種瓜公今歸去事農
圃亦種洛陽千本花脩篁遶屋韻寒玉平泉入畦紆
臥虵錦窠奇種斸巖竇嵩高靈藥移萌芽城中二月
花事起肩輿遍入公侯家淺紅深紫相媚好重樓多
葉爭矜誇一枝盈尺不論價十千斗酒那容賖歸來
曳履苔逕滑醉倒閉門春日斜車輪班班走金轂印

綬若若趨朝衙世人不顧病楊綰弟子獨有窮侯芭終年著書未曾厭一身獨樂誰復加宦遊嗟我久塵土流轉海角如浮槎歸心每欲自投劾孺子漸長能扶車過門有意奉談笑幅巾懷刺無袍鞾

送顏復赴闕

簞瓢未改安貧性冕纆猶傳直道餘不見失官愁感感但聞高卧起徐徐居中舊厭軍容講補外仍遭城旦晝此去將身置何許秋風未免憶鱸魚

王詵都尉寶繪堂詞

侯家王食繡羅裳彈絲吹竹喧洞房哀歌妙舞奉清

觴白日一醉萬事忘百年將種存慨慷西取庸蜀踐
戎羌戰袍賜錦盤鵰章寶刀玉玦餘風霜天孫渡河
夜未央功臣子孫白且長朱門甲第臨康莊生長介
胄產膏粱四方賓客坐華堂何用爲樂非笙簧錦囊
犀軸堆象牀竿叉連幅𣰽雲光手披橫素風飛揚長
林巨石插雕梁清江白浪吹粉牆異花沒骨朝露香
徐熙畫花落筆縱橫其子嗣變格以五色染就不見筆迹謂之沒骨蜀趙昌盖用此法耳摯禽猛
獸舌齶張騰踏騕褭驄驌驦噴振風雨馳平岡前數
顧陸後吳王老成雖喪存典常坐客不識視茫洋騏
驎飛煙郁芬芳卷舒終日未用忙遊意淡泊心清涼

矚目俊麗神激昂君不見伯孫孟孫俱猖狂千時與事神弗臧

逍遥堂會宿二首并引

轍幼從子瞻讀書未嘗一日相舍旣壯將遊宦四方讀韋蘇州詩至安知風雨夜復此對床眠惻然感之乃相約早退爲閑居之樂故子瞻始爲鳳翔幕府留詩爲别曰夜雨何時聽蕭瑟其後子瞻通守餘杭復移守膠西而轍滯留於淮陽濟南不見者七年熙寧十年二月始復會於澶濮之間相從來徐留百餘日時宿於逍遥堂追感前約爲二小詩記之

逍遥堂後千尋木長送中宵風雨聲誤喜對床尋舊約不知漂泊在彭城

秋來東閣凉如水客去山公醉似泥困卧北窗呼不起風吹松竹雨凄凄

過張天驥山人郊居

南山莫將歸下訪張夫子黍稷滿秋風蓬麻翳鄰里君年三十八三十有歸意躬耕奉慈親未覺鉏耰鄙讀書北窗竹釀酒南園水松菊半成陰日有幽居喜客來時借問問子何年起新求西溪石更築燕堂址但令三歲熟此計行亦遂堂成不出門清名滿朝市

魏佛貍歌

魏佛貍飲泗水黃金甲身鐵馬箠睥睨山川俯畫地畫作西方佛名字卷舒三軍如使指奔馳萬夫鑿山嵴雲中孤月妙無比青蓮湛然俛下視擊鉦卷旆抽行營北徐府中軍吏喜度僧築室依雲煙俯窺城郭衆山底興亡一瞬五百年細草荒榛沒孤壘

雜興二首

陋巷丈夫病且貧懸鶉百結聊庇身蠕蠕大蝨長孫子敗縿弊絮開陽春故襦寬博褁肩胜出沒逡巡初莫畏一朝摸酒入隣家顧視腰間猶犢鼻入縫循腰

還自足肌膚轉近尤爲福咋皮吮血無巳時應侍渠家具湯沐

朱輪華蓋事遠遊廐無良馬乘疲牛青絲玉勒金絡頭任重道遠旁人憂奔馳往來歷山丘騰阬投淖摧轅輈巳壓復起行未休青芻黃粱爲君羞長路漫漫經九州埸有白駒胡不収飢食玉山飲河流朝秣幽冀莫炎陬奔雲掣電不小畱業夫顧之心懷愁王良不生誰與謀哀哉駿骨千金酬

贈致仕王景純寺丞

瀟山隱君七十四紺瞳緑髮初謝事腹中靈液變丹

砂江上幽居連福地彭城爲我住三日明月滿船同
一醉丹書細字口傳訣顧我沉迷真棄耳年來四十
髪蒼蒼始欲求方救憔悴它年若訪瀟山居愼勿逃
人改名字

初發彭城有感寄子瞻

秋晴卷流潦古汴日向乾扁舟久不解畏此行路難
此行亦不遠世故方如山我特一寸刃幾絶何由刋
念昔各年少松鈞閟南軒閉門書史叢開口治乱根
文章風雲起胷膽渤澥寬不知身安危俛仰道所存
横渡一傾潰萬類爭崩奔孔融漢儒者本自輕曹瞞

誓將貧賤身一悟世俗昏豈意十年内日夜增濤瀾
生民竟顛頷遊宦豈復安水深火益熱人知蹈憂患
甄豐且自叛劉歆苟盤桓而况我與兄飽食顧依然
上願天地仁止此禍亂源歲月一徂逝尚能反丘園

次韻子瞻見寄

衮衮河渭濁皎皎江漢清源流既自異美惡終未明
嗟我頑鈍質乃與公並生出處每自訝謳吟輒嘗賡
譬如病足馬共此千里程勝負坐已决豈待終一秤
憶公年少時濯濯吐新萌堅姿映松栢直節凌榛荆
學成志益厲秋霜落春榮澹然養浩氣脫屣遺齊卿

百鍊竟不變三年終未鳴區區兩郡守籍籍四海聲
年來效瘖默世事慵譏評不見室家好怳如揖重城
別離長塵垢歲月何峥嶸彭門偶會合白髮互相驚
受教恐不足吐論那復爭疾雷發聾聵清月照昏盲
篤愛未忍棄浪云舊齊名更請問郭許題品要當精
子瞻杭州見寄詩云先生別駕舊齊名

將至南京寄王鞏

河牽一線流不斷雨散千絲卷却來煙際橫橋村十
里船中倦客酒三盃老年轉覺胛嫖濕世路早令心
似灰賴有故人憐寂寞繫舟待我久徘徊

次韻王鞏見贈

南都逢故人共此一樽淥初來柳吹絮再見風脫木我老歎意微頭垂腰背曲羨子方少年健馬走平陸狂歌手自拊醉倒頭相觸人生比一瞬世網張方目但取食場雞豈掛雲飛鵠彭城久相遲官舍虛東屋重陽試新釀謂子當不速胡爲聽婦言婉變自相逐我舟得愁霖牽挽脫坑谷風霜作初寒病體欲生粟解子腰下龜換酒不須贖照碧凝清光相將飲黄菊

送交代劉莘老

建元一二間多士四方至翩翩下鴻鵠一一抱經緯

功名更唯諾爵祿相饋遺縱横聖賢業磊落君臣意
慷慨曾諸生雍容古君子扶提雲漢上睥睨千萬里
入臺霸凜然不肯下詞氣失足青冥中投命江湖裏
區區晋都客矯矯當世士空使往來人歎息更相指
我生本羈孤無食強爲吏褰裳避塗泥十載守顑頷
逝將老茅屋何幸繼前軌念君今尚然顧我眞當爾
百年同一夢窮達浪憂喜有酒慰離愁貧賤非君耻

次韻王鞏九日同送劉莘老

頭上黄花記别時樽中淥酒慰清悲畫船牽挽故不
發紅粉晋連未遽離小雨無端添别淚遥山有意助

顰眉十分酒盞從教勸堆案文書自此辭

次韻王鞏欲往徐州見子瞻以事不成行

河水南來迮郡城銀刀空復衙衙兵交情舊許雞爲具客信那知鵲妄鳴爲婦遲留應未怪還家倉卒定何營不關秦女箏聲怨自趁招賢浚上旌

宣徽使張安道生日

從公淮㳌今幾年憶持壽斝當公前祝公齒髮老復少歲歲不改氷霜顏掃除四海一清淨整頓萬物俱安全今年見公商丘側奉祠太一真仙官身安氣定色如玉脫遺世俗心浩然幽居屢過赤松子長夜親

種丹砂田此中自有不變地歲閲生日如等閑門前
賀客任填委世上多故須陶甄秋風坐見蒲柳盡歲
晏惟有松栢豎斯人未安公未用使公難老應由天

章氏郡君挽詞 子厚母

馮唐垂老郎潛後李白風流罷直餘解組同歸榮故
國剖符仍得奉安輿家聲未替三公舊葬客應傾數
郡車德映閨門人莫見埋文子細列幽墟

聞王鞏還京會客劇飲戲贈

聞君歸去便招呼笑語不知清夜徂結束佳人試銀
甲留連狂客惱金吾燭花零落玉山倒詩筆欹斜翠

袖扶暫醉何年依錦瑟東齋還復卧氍毹

次韻王鞏遊北禪

蕭蕭黃葉下城頭頻作野田風日秋粗有樽罍隨處好蹔無敲扑便能幽人稀野鳥應同樂水涸遊魚似欲愁客去知君歡未已遶城携手更遲留

次韻王鞏懷劉莘老

兩都來往太頻頻直是人間自在人十載讀書同白屋千金爲客買朱唇結交京邑傾心肺寓思禪宗離垢塵爲問西歸天祿客何時同看洛川神

飲餞王鞏

送君不辨沽斗酒撥醅浮蟻知君有問君取酒持勸
君未知客主定何人府中杯棬强我富案上首蓿知
君眞空厨赤脚不敢出大堤花艶聊相親愛君年少
心樂易到處逢人便成醉醉書大軸作歌詩頃刻揮
毫千萬字老夫識君年最深年來多病苦侵凌賦詩
飲酒皆非敵危坐看君浮大白

送王輩熏簡都尉主洗

可憐杜老貧無食杖藜曉入春泥濕諸家厭客頻惱
人性性閉門不得入我今貧與此老同交遊冷落誰
相容幸君在此足遊衍終日騎馬西復東送君仍令

君置酒如此此貧交世安有君歸速語王武子因君回船置十斗

呂希道少卿松局圖

溪回山石間蒼松立四五水深不可涉上有横橋渡溪外無居人磐石平可住縱横遠山出隱見雲日莫下有四老人對局不回顧石泉雜風松入耳如暴雨不聞人世喧自得山中趣何人昔相遇圖畫入紈素塵埃依古壁末月奉樽俎隱居畏人知好事竟相誤我來再三嘆空有飛鴻慕逝將從之遊不惜爛樵斧

寄孔武仲

濟南舊遊中，好學惟君耳。君居面南麓，汹湧岡巒起。我來輒攜帶，簷下炙背睡。煎茶食梨栗，看君誦書史。君歸苦倉卒，窗户日摧毀。遷居就清曠，改築富前址。開畦得遺植，遶壁見題字。雲山顧依然，簿領輒隨至。思君猶未忘，滿秩行自棄。爾來鉅野溢，流潦壓城壘。池塘漫不知，亭榭日傾弛。官吏困堤障，麻鞋汙泥滓。別來能幾何，陵谷既遷徙。它日重相逢，衰顏應不記。

孔君亮郎中新葺郟里西園棄官而歸

宦情牢落苦思歸，君側無人晉子思。手種松筠須灌溉，親修寢廟憶烝祠。定應此去添桃李，還使舊塋無

棘茨他日東遊訪遺烈因公導我謁先師

寄濟南守李公擇

岱陰皆平田濟南附山麓山窮水泉見發越遍溪谷
分流遶塗巷暖氣烝草木下田滿粳稻秋成比禾菽
池塘浸餘潤菱芡亦云足辭家四千里恃此慰窮獨
公從吳興來苕霅猶在目應恐齊魯間長被塵土辱
不知西垣下滉漾千畝淥仰見鷗鷺翻俯視龜魚浴
初來厭浮詖稍久捐鞭扑清詩調嘉賓夜話繼華燭
飛花暮雪深浮蟻糟床熟相對各忘歸西來自嫌速
人生每多故樂事難再卜鉅野一汗漫河濟相騰蹙

流沙翳桑土蛟蜃處人屋農舩分沉埋城門遭板築
傷心念漂蕩引手救顚覆勞苦空自知吁嗟欲誰告
遙知舊遊處落落空遺躅平生讀書史物理粗能矚
歸耕久不遂終作羝羊觸賦詩心自驚請公再三讀

雪中會飲李倅鈞東軒三絶

衆客喧譁潑酒狂逡巡密雪自飛揚莫嫌作賦無枚
叟且喜延賓有孝王

雪花如掌墮堦除劇飲時看卧酒壺半夜變瑶深没
膝欲歸迷路背晋無

竹裏茅庵雪覆簷爐香藹藹著蒲簾欲求初祖安心

法笑我醺然已半酣

張恕寺丞益齋

人生不讀書空洞一無有羡君常齋居散帙滿前後開編試尋繹閱歲行自富從横畫圖中次第宫商奏汪洋畜江河恥莽包林藪興亡數千歲絡繹皆在口顧念今所知頗覺前日陋我家亦多書早歲嘗竊叩晨耕掛牛角夜燭借鄰牖經年謝賓客飢坐失昏晝堆胷稍蟠屈落筆逢左右樂如聽鈞天醉劇飲醇酎自從厭蓬蓽誤逐功名誘初心一漂蕩舊學皆榛莠失足難遽回撫卷長自詬幸君無事年謂可終身守

春耕不厭深秋穫當自受金玉或爲災詩書豈相負

除夜會飲南湖懷王鞏

歲晚城東故相家夜聽簾外落瓊花醉眠東閣銀釭暗起視中庭風竹斜曾酒近來無柰薄秦箏別後苦聞誇思君勸對空陂飲歸去紛如日莫鴉

次韻張恕戲王鞏

二君豪俊並侯家歌舞爭妍不受誇聞道肌膚如素練更堪鬢髮似飛鴉

送轉運判官李公恕還朝

我行未厭山東遠昔遊歷下今梁苑官如雞肋浪奔

馳政似牛毛常黽勉𠫵公四年持使節按行千里長
相見鷹擊秋田伏兔驚驥馳平野疲牛𠢕似憐多病
與時遣未悭兩州從事懶除書奪去一何速歸袖翩
然不容挽黃河東注竭崑崙鉅野橫流入州縣民事
蕭條委濁流扁舟出入隨奔電回首應懷微禹憂歸
朝且喜寧親便公知齊楚即爲魚勸槃宣防不宜緩

欒城集第七

欒城集卷八

詩六十八首

寄范文景仁

京城冠蓋如雲屯日中奔走爭市門弊裘瘦馬不知路獨向城西尋隱君隱君白髮叅浩氣高論驚世門無賓欣然為我解東閣明窗淨几舒華茵春天雪花大如手九衢斷絕愁四鄰平明熟睡呼不覺清詩淥酒時相親我兄東來自東武走馬出見黄河濱及門却還不得入回顧欲去行無人東園桃李正欲發開門借與停車輪青天露坐列觴豆落花飛絮飄衣巾

留連四月聽鶗鴂扁舟一去浮奔渾人生聚散未可料世路險惡終勞神交遊畏避恐坐累言詞欲吐聊復吞安得如公百無忌百間廣厦安貧身

次韻王肇上元見寄三首

棄擲良宵君謂何清天流月鑑初磨莫辭病眼羞紅燭且試春衫翦薄羅蓮鬣參差明繡户舞腰輕瘦颭驚鸞少年徵服天街闊何處相逢鮮佩珂

繁燈厭倦作閑遊行到僧房院院留月影隨人深有意車音爭陌去如流酒消鬢落寧論斗魚照琉璃定幾頭過眼繁華真一夢終宵寂寞未應愁

燈火熏天處處同暗遊應避栢臺驄高情自放喧闐外勝事偏多淡泊中平日交遊徒夢想晋都歌吹憶年豐知君未有南來意歸去相從光與鴻

謝張安道惠馬

從事年來鬢似蓬破車倦僕衆人中作詩僅比窮張籍得馬還從老晋公夜起趨朝非所事曉騎行樂定誰同慣乘款段遊田里怯聽騣騣兩耳風張水部謝裴晋公惠馬詩

次韻子瞻贈梁交左藏

彭城欲往臺無檄初喜東西合爲一將軍走馬隨春

風精銳千人森尺籍口占嘉句驚衆坐手練強兵試
鳴鏑酒酣起舞花滿地醉倒不聽人扶出歸來相對
如夢寐虎踞能經苦岑寂黄樓方就可同遊飲盡官
厨三百石

寒食遊南湖三首

春睡午方覺隔墻聞樂聲肩輿試扶病畫舫聽徐行
適性逢樽酒開懷把友生遊人定相笑白髮近從横
遶郭春水滿被堤新柳黄官池無禁約野艇得飛揚
浪泛歌聲遠花浮酒氣香晚風歸棹急細雨濕紅粧
攜手臨池路時逢賣酒壚柳斜低繫纜草緑薦傾壺

波蕩春心起風吹酒力無冠裳強包裹半醉遣誰扶

觀大閱

承平郡國咸兵屯唯有留都一萬人票姚將軍思出塞從橫幕府講和親旌旗不動風將轉曲部無聲馬亦馴八陣只晉遺法在未須親試華東塵

送林子中安厚卿二學士奉使高麗二首

東夷從古慕中華萬里梯航今一家夜靜雙星先渡海風高八月自還槎魚龍定亦知忠信象譯何勞較齒牙屈指歸來應自笑手持玉帛賜天涯

官是蓬萊海上仙此行聊復看桑田鯤移鵬徙秋帆

健潮闊天低曉日鮮平地誰言無崄岨仁人何處不
安全但將美酒盈船去多作新詩異域傳

送趙沉秘書還錢塘

世人何局促奔走鬢蒼蒼聞道餘杭守獨遊何有鄉
禪心朝吐月元氣夜生光清静安罷療寬仁服慕強
聲名高一世風釆見諸郎謁帝朱為紱還家綵作裳
經過留畫舫談笑接清觴問訊顔依舊崢嶸歲自長
人生真幾許世味不堪嘗歸去聞詩罷求余却老方

馬上見賣芍藥戲贈張厚之二絶

春風欲盡無尋處盡向南幽芍藥中過盡此花真盡

也此生憔與此花同

春來便有南園約過盡春風約尚賒綠葉成陰花結子便須攜客到君家

答見和二絕

花柳蕭條行已老聖賢希闊未嘗中眼看芍藥紛紛盡賴有櫻桃顆顆同

麈編何用朝朝看新釀還須處處賒好事若能頻載酒不妨時復到楊家

送呂希道少卿知滁州

長惟名卿亦坐曹忽乘五馬列旌旄才多莫厭官無

事郡小不妨名自高庶子定應牽賦詠醉翁聊復繼
遊遨試尋苦戰清流下要識經綸帝業勞

次韻張恕春莫

秖言城市無佳處亦有南湖幾度遊好雨晴時三月
盡啼鶯到後百花休老饕好飲常連臂野馬依人自
絡頭不肯低回池上醉試看生滅水中漚

次韻傳崧推官我方亭

吾近古城心自幽簞瓢足用更何求鷺飛旋趁春氣
出龍卧終開莫雨搜科第聯翩收甲乙鄉閭驚悸問
因由隱君淡泊無人識長夏一衫冬一裘

次梁交之徐州

湖水清且深新蒲半猶卷未見紅粧窈窕娘先排翠羽參差扇水面風生人未知欹傾俯仰長先見岸上遊人莫不踏清香入袖涼吹面投壺擊鞠緑楊紫共盡清樽飡白飯坐中飛將忽先起輕衫出試彭門豪白步洪西白浪翻戲馬臺南雲曲滿江山雄羆信宜人風流孰似梁王死

次韻王鞏寄見三首

日未官閑自在慵門前客到未曾通憐君避世都門裏勸我忘憂酒盞中城下柳陰新過雨湖邊荷葉自

翻風早須命駕追清賞大字新詩事事工

觸事如棋一一低昏然一睡更何知賈生流落南遷後陶令褰遲歸去時去住由人真水母箪瓢粗足亦山惟年來未省談堯舜一夾龜跌豈足吹

池上輕氷暖却開迎春送臘仰銜杯君家有酒能無事客醉逢宵遣不廻詩就商消盤上蠟信來飄書嶺頭梅尚丘冷坐君知否餅罄應須有耻罍

次韻李逵見贈

大學群遊經歲明青衫顛頂竟何成蘆鹽仍作當年味名譽飛蠅過耳聲

次韻秦觀秀才携李公擇書相訪

濟南三歲吾何求，史君後到消人憂。君言有客輕公侯，扁舟相從古楊州。致之匹馬恨無力，千里相望同異域。誦詩空使四坐驚，隱居未易凡人測。史君南歸無限情，鴻飛携書墮我庭。此書兼道昔年客，袖中秀句淮山青。老夫強顔依府縣，堆案文書本非願。清談亹亹解人頤，安得坐右長相見。狂客吾非賀季真，醉吟君似謫仙人。未契長遭少年笑，白髮應愁頑蓋新。都城酒貴誰當换，塵埃汗面非良算。歸來泗上苦思君，莫待黄花秋爛漫。秦君與家兄子瞻約秋後再遊彭城

送龔冏臣諫議移守青州二首

稷下諸公今幾人，三爲祭酒髪如銀。梁王宮殿歸留鑰，尚父山河屬老臣。沂水弦歌重曾點，菑川故舊識平津。過家定有金錢費，千里爭看衣錦身。

面山負海古諸侯，信美東方第一州。勝勢未容秦地嶮，奇花僅比雒城優。新絲出盎冬裘具，貢棗登場歳事休。鈴閤虛閑官釀熟，應容將佐得遨遊。

送余京同年兄通判嵐州

矯矯呉越士，遠爲井代行。寒瘖雖云畏，慷慨慰平生。我昔在齊南，君時事淄青。連年食羊炙，便欲忘蓴羮。

問君棄鄉國何似弊徙輕丈夫事所志歸去無田耕
閑官少愧恥教子終餘齡定心養浩氣閉目收元精
此志我亦然偶與長者并會合不可期未易夸者評

河上莫歸過南湖二絶

西來白水滿南池走馬池邊日落時橋底荷花無限
思清香乞與路人知
淤田水淺客來遲解舫都門問幾時誰道兩京雖犬
接差除屈指未曾知

送提刑孫頎少卿移湖北轉運

特節憂邦刑職業已自簡下車攝晉都談笑事亦辨

開軒揖佳客退食事書卷為政曾幾何清風自無限
官居歲月追歸念湖湘遠依依東軒竹凜凜故人面
詔書遂公私使節許新換舊治行當經家山企可見
官遊得鄉國勞苦顧猶願歸旆正滂洋行轍豈容緩

次韻劉涇見寄

天之蒼蒼亦何有亦有雲漢為之章人生混沌一氣
耳嘿嘿何用知肺腸孔公孟子巧言語剖瓠掉竹吹
笙簧含宮吐角千萬變坐令隱伏皆形相我生稟賦
本微薄氤氳方寸不自藏譬如蘭根在黃土春風驅
迫生繁香口占手寫豈得已此亦未免物所將方將

寂寞自收歛不受世俗斗尺量既知仍作未能止紛紜竟亦類彼莊叟烹心脾擢胃腎自令鬢髮驚秋霜嗟予猶未知此病從横自恃觜爪剛少年一見非俗物錚然脩竹鳴孤凰近來直欲扛九鼎令我畏見筆力强從攜童子從冠者揣摩五帝論三皇詩書近日貴新説掃除舊學漫無光竊攘瞿曇剽李耳牽挽性命推陰陽狂流衮衮去不返長夜漫漫未遽央詞鋒俊發魯連子慚愧田巴稱老蒼是非得失子自了一醉早醒余所望

城南訪張恕

事似棼絲撥不開秋隨晩蝶暗相催城南緑野宜幽步水北紅塵漫作堆赤棗青瓜報豐熟黄雞白酒勸徘徊此中眞有醇風在一舢何年斵草萊

同李倅鈞訪趙嗣恭留飲南園晩衙先歸

城南高樓出喬木下有方塘秋水足新霜未變草木鮮晩日旋催梨棗熟雨荒松菊半榛莽風老菰蒲初瑟縮門前大路多塵乜日中過客無留轂開門却掃如有待下馬升堂眞不速勸我一披衣上黄臨風共倒樽中淥有蔬草草意不盡絲竹泠泠暗相屬琳宮仙伯自閑暇幕府龠官苦煩促晩衙簿領當及期後

堂車轄要須漉令人更愧東宫師眷戀溪山棄華屋

次韻轉運使鮮于侁新堂月夜

長愛陶先生閑居棄官後床上卧看書門前自栽柳低徊顧微禄畢竟誰挽袖索莫秋後蜂青熒曉天宿惟將不繫舟託此春江溜尺書慰窮獨秀句驚枯朽遥知新堂夜明月入杯酒千里共消光照我茅簷漏

送梁交供備知莫州

猛士當令守四方中原諸將近相望一樽度日空閑暇千騎臨邊自激昂談笑定先降虜使詩書仍得靖戎行君看宿將何承矩安川擢鋒百戰場

秋祀高禖二絶

蕩蕩巍巍堯舜前一丘惟見栢森然後來秦楚何堪數跛鼈飛揚得幾年

乾德年中初一新頹垣破瓦委荆榛興亡舉墜干戈際閑暇方知國有人

過興教贈劉上人

四十年間此院吾臨河看盡往還舟同來並是三年客聽說行藏各自羞

次韻王鞏代書

去年河上送君時我醉看君倒接䍦一笑便成經歲

隔斋丹重到满城知旧传北海偏怜客新怪东方苦
想饥应笑长安居不易空吟原上草离离

南湖清饮二首

翠箔红窗映大堤远来清饮欢参差盈盈积水东西
隔脉脉幽怀彼此知渌酒谩传工破闷主人何敢怪
颦眉明朝看月云开未试与詹家一问龟

坐客经年半已非喜君重到暂相依不嫌爱酒樽频
倒只怕题诗纸屡飞耿耿幽怀谁与慰徐徐细酌禾
应远从今更肯相过否几误风吹白版扉

次韵偶成

交情淡泊久爾新吏役縈纏日益紛香火社中真避

世簿書叢裏強論文樽壘正及明蟾夜舟楫來隨早

鴈羣世俗如君今有幾真將富貴等浮雲

中秋見月寄子瞻

西風吹暑天益高明月耿耿分秋毫彭城閉門青嶂

合卧聽百步鳴飛濤使君携客登燕子月色着人冷

如水筵前不設鼓與鐘處處笛聲相應起浮雲卷盡

流金丸戲馬臺西山鬱蟠杯中渌酒一時盡衣上白

露三更寒扁舟明日浮古汴回首逡巡陵谷變河吞

巨野入長淮城没黄流只三版明年築城城似山伐

水爲堤堤更堅黄樓未成河已退空有遺蹟令人看
城頭看月應更好河流深處今生草子孫免被魚鱉
食歌舞聊寬使君老南都從事老更貧羞見青天月
照人飛鶴投籠不能出曾是彭城坐中客

次韻王鞏自詠

平生未省爲人忙貧賤安閑氣味長粗免趨將頭似
橡褚能忍事腹如囊箭書見追身今老樽酒聞呼首
一昂欲挽天河聊自洗塵埃涌面鬢眉黄

次韻王鞏同飲王廷老虔支家戲詠

曰魚祭鱉早霜前有酒何須問聖賢上客遂來工緩

頹雙鬟爲出小重肩新僆大曲皆精絶忽發狂言亦
可憐莫怪貧家少遠住目須先辦買花錢

送王鞏之徐州

遨遊公卿間結交非不足高秋遠行邁黄泥没馬腹
問君胡爲爾笑指籬間菊故人彭城守久作中朝逐
詩書自娛戲樽俎當誰屬相望鶴頸引欲往龜頭縮
前期失不遂浪語頻遭督黄樓適已就白酒行亦熟
登高暢遠情戲馬有前躅篇章雜笑語行草爛盈幅
歸來貯篋笥把玩比金玉吾兄别我久憂患欲誰告
孤高多風霆彈射畏顛覆白頭日益新歲晚喜君獨

紛紛衆草中冉冉凌霜竹恨我閉籠樊無由託君轂

次韻張恕九日寄子瞻

無限黃花簇短籬濁醪霜蟹正堪持坐曹漫爾誇勤瘁割肉何妨詭詆欺世外罇罍終日放俗間簿領莫相縻茱萸揷遍知人少談笑須公一解頤（王摩詰詩云遥知兄

戲次前韻寄王鞏二首

弟登高處揷遍茱萸少一人）

白馬貂裘錦幂籬鵁鶄瀲灩手親持頭風欲待歌詞愈肺病甘從酒力欺不分歸心太忽草更憐人事苦縈縻相逢借問空長歎便捨靈龜看朶頤

細竹寒花出短籬故山耕耒手曾持官遊甃比旄鷺
集歸計長遭句僂欺歌舞夢回空歷記交朋飛去自
難糜悠悠後會須經歲冉冉霜髭漸滿顧

贈杭僧道潜

月中依松鶴露下抱葉蟬賦形已孤絜發響仍清圓
潜師本江海浪迹遊市廛髭長不能翦衲壞聊復穿
瘦骨見圖畫禪心離攀緣出言可人意一一皆自然
問師藏何深不與世俗傳舊識髯學士復從璉耆年
塵埃既脫落文彩自精鮮落落杜中人如我亦有旃
柰何一相見撫卷坐長歎歸去勿復言山林信多買

張安道生日二首

椿年七十二迴新，蓬矢桑弧記此晨。養就丹砂無上藥，已超諸數自由身。中年道路趨危境，外物功名委世人。今夜空庭香火罷，定應星斗識天眞。

十載從公鬢似蓬，羨公英氣老猶充。生時別得星辰力，晚歲仍加鼎竈功。世事不堪開眼看，勞生漸恐轉頭空。問公試覓刀圭藥，歲歲稱觴此日中。

李鈞壽花堂

尚書郎晉陵李公秉性直而和，少從道士得養生法，未五十去嗜欲，老而不衰。爲南都通守，其西堂

北牖下池生菖蒲開花三四芬馥可愛以書占之曰此壽考之祥也因名其堂曰壽花而余爲作詩記之

石上菖蒲十二節仙人服之好顔色根如蟠龍不可得葉中開花誰復識夫子自少讀道書年未五十嗜欲除河流通天非轆轤下入金鼎融爲珠一醉斗酒心自如鬼物窺覘驚睢盱菖蒲花開壽之符白髮變黑顔如朱它年三旅訪君廬拍手笑我言不虛

次韻子瞻題張公詩卷後

世俗甘枉尺所願求直尋不知一律訛大樂無完音

見利心自摇虛害安得深至人不妄言談如朱絲琴
悲傷感舊俗不類騷人淫又非避世翁閔嘿遯陽瘖
嘐嘐晨雞鳴豈問晴與陰世人積寸木坐使高樓岑
晚歲卧草廬誰聽梁甫吟它年楚倚相儻能記愔愔

次韻廣州陳縡諫議和陳薦宋敏求二龍圖二首

曾送飛龍白日翔未應中路許還鄉鶴歸仍有當年伴松老知經幾度霜城下寶坊聊寄榻朝中振鷺舊成行相逢出處何須問五嶺清平十月涼甞和彦升寫定力

琳宮清淨思悠哉頗似山林未肯迴五日趨朝眞自

適一樽無事得頻開董狐執筆何時易馬援征蠻未

遽來奔走安閑誰是定都門携手一徘徊右和彦升赴上醴泉

次韻王廷老寄子瞻

歌吹新成百尺臺青山臨水巧崔嵬佳人解作回文

語狂客能鳴摻鼓雷擷菊傳杯醒復醉採菱盪槳去

仍回新年聞欲相從飲春酒還須剩作醅

次韻頓起考試徐州舉人見寄二首

齊楚諸生儼韡紳人人願得出君門銜枚勇鋭驚初

合棄甲須臾訝許奔細讀未辭燈損目久留終厭棘

爲藩定應親刈翹中楚把卷喧呼半夜言

老年從事忝南京海內交遊尚記名怯見廣場心力
破厯看細字眼花生新科未暇通三尺舊曲惟知有
六莖空憶倚樓秋雨霽與君看遍洛陽城同試醉京前李與頻
人李

送李鈞郎中

君家毗陵本江南雖爲浙西終未甘風流秀發自不
減氣質渾樸猶中含敲榜湖前但長嘯簿書堆案常
清淡湖中往往載畫舫竹下小開茅庵歌吟髣髴
類騷雅導引委曲師彭聃新茶潑乳睡方覺淥酒傾
水醒復酣一朝揮手夫不顧使我把袂心難堪扁舟

水涸費牽挽瘦馬雪凍憂朝叅一官來往似秋鷰薄
俸包裹如春蠶東南乞麾尚可得白首誰念家無饘

送文與可知湖州

連持桑洋印久作溪山主深知爲郡樂但畏買茶苦
來歸天禄閣坐守登聞鼓九重未明入百辟盈庭舞
城南獨歸卧心事誰當語舊聞吴興勝試問天公取
家貧槖裝盡歲莫輕帆舉苕溪淨多石棄領瘦無土
湖藕雪冰絲山茶潑牛乳香粳飯玉粒鮮鯽繪紅縷
宮開水精潔人寄畫屏住俗吏自難堪詩翁正當與
從來思清絶况乃病新愈團團肘後丹累累囊中素

高卧鎮夸俗清談静煩訴應笑杜紫微湖亭但狂顛

嘉雪呈鮮于子駿三首

發函寬大一　封書卧閤雍容三日餘旋見雪花投夜
落未應天意與人疎瓦乾淅淅初鳴霰畦潤漸漸想
没鉏鬲會梁園遺勝在早知詞賦似相如

春秋無麥自當書况復秋田水潦餘一雪端來救焦
槁千箱乞與等親疎消殘瘟癘曾非藥蝕遍陳根不
用鉏猶恐遠村霑未足試呼農圃問何如

匳紙鋪庭幾誤書楊花糝逕未春餘積隨　平野分高
下舞信微風作密疎解使遊人似姑射仍令飛鳥變

春鉏共驚天巧無能學造物無心本亦如

次韻文務光秀才遊南湖

料峭東風助臘寒汀瀅白酒借裹須滿床書卷何曾讀數步湖光自不閑夢想綠楊垂後浦眼着紅杏照前山新春漸好君歸速不見遊人暮不還（湖前小山曰杏山）

子瞻惠雙刀

彭城一雙刀黃金錯刀鐶脊如雙引繩色如青琅玕開匣飛電落入手清霜寒引之置膝上凛然愁肺肝我衰氣力微覽鏡毛髮斑誓將斬鯨鯢靜此滄海瀾又欲截犀兕末息行路難有志竟不從撫刀但長歎

投刀淚如霰北斗空闌干歸來刈蓬蒿鉏田植芳蘭
惜刀不忍用用亦非所便棄置塵土中坐使鋒刃刓
床頭夜生光知有蛟龍蟠慚君贈我意時取一磨看
晋守與賓客會開元龍興寺觀燈余有故不
預中夜登南城而望
燈引雙旌萬點紅傾城車馬在城東使君行樂人人
共勸客安眠夜夜同夢想笑談傾滿坐卧聞歌管逐
春風三更試上南樓看無限繁星十里中

欒城集卷第八

欒城集卷第九

詩七十首

春日耕者

陽氣先從土脉知老農夜起飼牛飢雨深一尺春耕利日出三竿曉餉遲婦子同來相嫵媚鳥鳶飛下巧追隨紛紜政令曾何補要取終年風雨時

自栢城還府馬上

春色無人見茲行偶衆先梛黄新過雨麥緑稍鋪田河潤蕪氷散禽聲向日圓城池高受霧灘溴暖生烟……

羇客情初惡還家意稍便旋聞夫事起已過佛燈然

簿領何時畢塵埃空白憐南湖漸可到早治木蘭船

次韻子瞻八日獵城西

將賢士氣振令肅軍聲悄晨登戲馬臺一試胡騣驟城空巷無人里社轉相曉吾公庶無疾但恐囿圃小荆榛一焚蕩雉兎皆驚矯翩翩白馬將手把青絲挑少小事邊徼斬刈輕荼蓼殿前賜鞍勒珂月明皎皎自言得所事強暴無不了廟筭本詩書下策禁焚燎當令百鍊剛甘就一指繞低回未嘗試坐被世人少秋霜一朝下凌厲見鷙鳥爲君整驕惰重立櫰直表

送鮮于子駿還朝兼簡范景仁

蜀中耆舊今無幾相逢握手堪流涕遊勸潦倒不還
家舊俗陵遲眞委地錢荒粟帛賤如土榷峻茶鹽不
成市詩書鄉校變古法節行故人安近利欲歸長恐
歸不得歸去相歡定誰是低徊有似羊觸藩眷戀僅
同雞擇米中山先生昔所愛南都攝尹私相喜窮冬
夜長一事無燈火相從夜深睡讀書萬卷老不廢感
寓自篇深有意俗吏惟知畏簡書窮途豈意逢君子
春風歸騎忽西顧平日高談應且止朝騎疋馬事朝
謁莫就一床尋夢寐猶有城西范蜀公買地城東種
桃李花絮飛揚酒滿壺談笑從容詩百紙紅塵暗天

獨不知白首相看兩無愧古人避世今馬門何必柴
車返田里

次韻秦觀見寄

東家有賢人西家苦相忽幽蘭委氷霜掩霭特未發
春風吹芳蕤爛熳安可没東南信多士人物世不闕
考槃溪山間自戲耻干謁誰憐幽閑女艷色比南越
垂耳困鹽車捐金空買骨讀書謝世事閉門動論月
予生亦羈旅處世常卒卒誰令釣竿手強復此持笏
惟餘七尺軀空洞中無物時蒙好事過解榻聊一拂
野情樂江海夢想扁舟几隱居便醉睡世路多顛蹶

榮華一朝事毁舉百年歌相勸沐咸池陽阿晞汝髮

次韻道潛見寄

蕭蕭華髮映衰容慙愧高僧歎不逢遊宦終身空處處塵埃何日退重重已卄憔悴羣雞鶴猶勝劬勞早歲龍回首不堪膏火熱試求甘露洒青松

次韻王鞏元日

庭鵲營巢初一枝餘寒未便裌羅衣春風娜娜還吹霰歲事駸駸已發機上國遨遊誰信老中年情味秪思歸和詩應覺添新懶過盡長空雁北飛

送將官歐育之徐州

輕衫駿馬走春風未識彭城氣象雄青山只在白門
外明月盡屬黄樓中五斗濁醪消永日一雙鳴鏑戲
晴空歸來笑殺幕府客閉户看書滴滴窮

次韻答王鞏

君家當盛時晝戟擁朱户中書十八年清明日方午
形容畫雲閣功業載盟府中庭三槐在遺迹百世睹
子孫盡豪俊豈類世寒窶胡爲乂邅厄跼俛受侵侮
往來兩都間奔走未安土願言解纓紱歸去事濃圃
嘉禾根未拔且忍俟丼雨拂衣走東皐此説吾不取
聊復放襟懷清談對僧麈躬耕未可言知田顧乃父

次韻子瞻過淮見寄兼簡孫奕職方三首

出處平生共江淮，恨不來宦遊良誤我，老病戢懷哉。

徇物終今世，量書畫幾堆，歸耕少憂患，惟有仰春雷。蜀中謂田無水利者為雷鳴田

龜山昔同到，松竹故依然，紅印封鹹豉，黄甖分井泉。

又

青天攜杖處，晚日落帆偏，無限相思意，新詩句句傳。

行役饒新喜，臨川逢故人，相看對泉石，憐我任埃塵。

會合終多故，分張類有神，南遊得如願，夢想雪溪春。

次韻王鞏留别

決策歸田豈世情網羅從此脱餘生請君速治雞黍

具待我同爲沮溺耕秋社相從醵錢飲日高時作叩

門聲茅廬但恐非君處籍籍朝中望已傾

次韻答孔武仲

白髮青衫不記年相逢一笑輒欣然誦詩聲聲鋸木

屑展卷騣騣下水舡未肯尺尋分枉直自然鑿枘有

方圓閑官更似楊州學猶得昏昏晝日眠

送傅宏著作歸觀待觀城闕

膠西前輩鄭康成千載遺風及後生舊學詩書儒術

富蕪適法律吏能精還家綵服頻爲壽得邑河堧甚

有兵民事近來多追促弦歌聊式武城聲律有鄭氏章句

連雨不出寄張恕

麥熟蠶繅熱似烝雨傾三尺未爲淫洗清溝澮蚊宜靜没盡蒲蓮沼泟深遺秉滿田鶩朽腐移牀避漏畏侵尋高閣秖有張公子卧聽蕭蕭打葉音

和子瞻自徐移湖將過宋都途中見寄五首

東武厭塵土彭門富溪山從兄百日晋退食同躋攀輕帆過百步船底驚雷翻肩輿上南麓眼界涵川原愛此忽忘歸顧見且三年我去已怱怱兄來亦崩奔求懷置酒地遶國多雲煙

我昔去彭城明日河流至不見五斗泥但見二竿水
驚風鬱颯怒跳沫高睥睨激灧三月餘浮沉一朝事
分將食魚鱉何暇顧隣里悲傷念遺黎指顧出完壘
繚揲對連山黄樓麗清泗功成始逾歲脱去如一屣
空使西捲𢭏欲語先垂涕
千金築黄樓落成費百金誰言史君侈聊慰楚人心
高秋吐明月白壁懸青岑晃蕩河漢高恍恨窗戸深
邀我三日飲不去如籠禽史君今吴越雖往將誰尋

又

欲買爾家田歸種三頃稻因營山前宅遂作泗濵老

奇窮少成事飽煖未應早顧輸稾中裴田家近無報
平生百不遂今又一笑倒它年數畝宫懸知迫枯槁

又

梁園久蕪没何以奉君遊故城已耕稼臺觀皆荒丘
池塘塵漠漠鳬鷺空遲留俗衰賓容盡不見枚與鄒
輕舟舍我南吴越多清流

次韻劉貢父登黄樓懷子瞻二首

青山開四面白水遶三禺野闊時聞籟人閑舊據梧
畫船留上客遺迹問田夫事少日常飲才疎世未須
決河初荐至勝事偶相俱燕子卑無取滕王遠可橅

飛濤隱睥睨落日麗浮圖同舍新持節專城敢遽呼
未迎行部駕已放下淮艫試問登消暑如何楚與吴
吴興有消暑樓

再和

藹藹才名世駸駸日轉禺一時同接浙平昔共棲梧
攬轡具壯士擁旄良丈夫塵埃脱纓綬水石慰霜須
勝地來相失清樽未暇俱射餘空見帖鑄罷秖觀橅
賞計何當决徂年貴早圖檻中終爲食耩上恥聞呼
顧我千羊毳平生一釣艫微官不須滿也復試遊吴

陪仕文張恕鴻慶宫避暑

至後雨如瀉晴來熱更多簿書露汗垢巖石思藤蘿
賴有祠宮靜時谷俗客過老郯無不可公子亦能和
道勝還相接禪迷屢見訶清涼生絶念煩暑散沉疴
占不便張喔鳴禽巧當歌桃香呈絳纇瓜熟褭青羅
飯細縚脣滑茶新到腹逌劇談時自笑飽食更無它
適意未厭厯後遊真若何官居鄰曲沼田吠助清波
晚照明疎栁微風響衆荷輕舟尚可載小雨試漁蓑

宋城宰韓秉文惠日鑄茶

君家日鑄山前住冬後茶芽麥粒麄磨轉春雷飛白
雪甌傾錫水散凝酥谿山去眼塵生面簿領埋頭汗

匝膚一毀更能分幕府定應知我俗人無

次前韻

龍鸞僅比闤闠鹽酪應嫌北俗麄採愧吳僧身似臘黠須趍女手如酥舌根遺味輕浮齒腋下淸風稍襲膚七盌未容留客試瓶中數問有餘無

答孔武仲

飛翛委中林不廢長松綠驚風振川野未省勁草伏我貧客去盡君來常不速愧君贈桃李永願報瓊玉我性本山林苦學筆空禿驊騮塞康莊病足頓難逐錦文衒華藻弊褐非所續家有五車書恨不十年讀

濟南昔相遇我齒三十六談諧傾蓋間還往白首熟
從君飲濁酒過我飯脫粟西湖多淡亂白晝下鴻鵠
城西野人居柴門擁脩竹後車載鴟夷下馬瀉醽醁
醉眼卧荒草空洞笑便腹跣狂一如此豈望世收録
別來今幾何歸期已屢卜西南有簿田茅舍清溪曲
耕耘三男子伏臘當自足君能遠相尋布衣巾一幅

送吳思道道人歸吳興二絶

一去吳興十五年東歸父老幾人存惠山唯有錢夫
子一寸間田曉日暾
遨遊海上冀逢人宴坐山中長閉門去住只今誰定

是相逢一笑各無言

次韻答陳之方秘丞

南山李將軍，疋馬獨行獵。田中射虎豹，後騎不容躡。
丈夫貴自遂，老大饒驚懾。飄揺天地間，自視如一渫。
故人多東南，願作扁舟涉。忽蒙長篇贈，華此傾蓋接。
時世尚新奇，詩書存舊業。南風吹清汴，西去無停楫。
恨不留君談，一使貌坐厭。新詩苦清壯，欲和再三怯。
東君多名卿，投刺日盈篋。一言苟合意，富貴出旬浹。
行看文石階，高談曳長裾。辱贈但茫然，知君念疲薾。

登南城有感示文務光王適秀才

幽憂隨秋至秋去憂未已南城試登望百草枯且死
落葉投人懷驚鴻四面起所思不可見欲往將安至
斯人定誰識顧有二三子清風皎氷玉滄浪自湔洗
竊脂未嘗穀南箕儻徵似網羅一張設投足遂無寄
田深狡兔肥霜降鱸魚美造形悼前失式徵懲往士
憧憧畝丘道歲晚嗟未止西山有茅屋鉏耰本吾事

張公生日是歲己未秋致仕

少年談王霸英氣干斗牛中年事軒冕御世仍多憂
晚歲探至道眷眷懷林丘今年乞身歸始與夙昔酬
高秋過生日真氣茲一周觀心比孤月視世皆浮漚

表裏一蝸明萬物不能留顧謂憧憧人斯樂頗曾不
嗟我本俗士從公十年遊謬聞出世語俛作籠中囚
俯仰迫憂患欲去安自由問公昔年樂孰與今日優
山中許道士非復長史儔腹中生梨棗結實從今秋

次韻答張耒

客舟逝將西日夜西北風維舟罷行役坐令鬢如蓬
偶從二三子步上百尺臺雲煙遍原隰敞怳令人哀
山中難久居浮沉在城郭欲學楊子雲避世天祿閣
浮木寄流水行止非所期何須自爲計水當爲我移
外物不可必惟此方寸心心中有樂事手付瑟與琴

夜吟感秋詩惜此芳物零幽人亦多思起坐再三聽
白駒在空林餅甕有恥罍盡我一杯酒愁思如雲頽

次王適送張耒赴壽安尉二首

綠髮驚秋半欲黄官居無處覔林塘浮生已是塵勞
侣病眼猶便錦繡章羞見故人梁苑夢尋歸路蜀
山長憐君顧我情依舊竹性蕭疎未受霜
魏紅深淺配姚黄洛水家家自作塘遊客賈生多感
槩閑官白傅足篇章山分少石雲煙老宫廢連昌草
木長路出嵩高應少駐孱顔新過一番霜

次韻張耒見寄

相逢十年驚我老雙鬢蕭蕭似秋草壺漿未洗兩脚
泥南轅已向淮陽道我家初無負郭田茅廬半破蜀
江邊生計長隨五斗米飄揺不定風中煙茹蔬飯糗
不願餘茫茫海内無安居此身長似伏轅馬何日還
爲縱壑魚憐君與我同一手微官骯髒羞牛後請看
揷版趨府門何以曲肱眠甕牖中流千金買一壺櫝
中美玉不須沽洛陽榷酒味如水百錢一角空滿盂
縣前女几翠欲滴吏稀人少無晨集到官惟有懶相
宜卧看南山春雨濕

次韻王適兄弟送文務光還陳

三君皆親非復客執手河梁我心惻倚門耿耿夜不眠挽袖匆匆有難色君歸使我勞寬夢落葉鳴皆自相擁君家西歸在新歲此行未遠心先恐故山萬里知何許我欲因君亦歸去清江髣髴釣魚船脩竹平生讀書處青衫白髮我當歸咀嚼式微慙古詩少年勿作老人調被服榮名慰所思

次韻張勿諫議燕集

淮陽卧閤生清風梁園坐嘯囹圄空不知何術解髖髀但覺羈客忘樊籠樽罍灑落談笑地塵埃脫去文書聚清心漸欲無一事少年空記揮千鐘近傳移鎮

股肱郡復恐入覲明光宮人生聚散不可料一杯相屬時方冬浮陽似欲作飛霰想見觀闕瓊花中孝王會集猶可繼莫嫌作賦無枚翁聖民昔知陳州余嘗從之遊矣

臘雪五首

長恐冬無雪今朝忽暗空細聲聞簌簌遠勢望濛濛濕潤猶兼雨傾斜半雜風豐登觧多事歡喜助三農

又

驕陽不能久蜜雪自相催急撒初鳴瓦飛花旋集臺着人消瘴疫覆麥長根荄欲試樽中物門前問客來

又

又有歸耕意西山百畝田雪來殊不惡酒熱目相便一被簪裳累長遭羅網牽飛霙迫殘臘愁思渡今年

又

憂愁不可緩風雪故相撩試問五斗米能勝一束樵耕耘終亦飽哺啜定誰邀寒暑不須避傾危且自遥

又

雪霜何與我憂思自傷神忠信亦何罪才名空誤身歸來聊且止老去莫逢嗔樽酒他年事相省醉此晨

次韻王適雪晴復雪二首

驕陽得一雪踰尺應更好晨興視窗隙驚見晴霞杲

九衢無停迹很藉須一掃空餘浩然氣凜凜接清昊
餘寒薄虛室一靜解葦爍晨炊晚未供客饋慙草草
試脫身上衣行問酒家保孤吟擊槁木大笑稱有道
人生但如此富樂何用禱所思獨未見耿耿獨懷抱

又

同雲自成幄飛雪來無根一爲清風卷坐見東方暾
重陰偶復合飛霰滿南軒油然青春意已見出土萱
老病一不堪惟恃濁酒溫開戶理松菊掃蕩無遺痕
卷舒朝夕間誰識造化元乾坤本何施中有神怪奔
萬物極毫末顛倒何足掀老農但知種荷鉏理南園

送呂由庚推官得替還洛中二首

君家相國舊元勳凛凛中丞繼後塵談笑二年同幕府風流一倍愈它人南都去後少佳客西洛歸來多老臣我亦宦遊無久意他年松竹許相鄰

洛水畱人一向乾雪泥溢路十分寒送行我豈無樽酒多難君知久鮮歡回首秪應憐老病凌風爭看試輕翰到家定見嵩陽老問我衰遲未解官司馬君實提舉嵩山崇福

四十一歲歲莫日歌

小兒不知老人意賀我明年四十二人生三十百事

衰四十已過良可知少年讀書不曉事坐談王霸了
不疑脂車秣馬試長道一日百里先自期不知中途
有陷穽山高日莫多棘茨長裾大袖足鉤挽却行欲
返筋力疲蝜蝂尚前猛虎後脫身且免充朝飢歸來
掩卷淚如雨平生讀書空自誤山中故人一長笑布
衣脫粟何所苦古人知非不嫌晚朝來聞道行當返
四十一歲不可言四十二歲聊自還
次韻子瞻繫御史獄賦獄中榆槐竹栢
秋風一何厲吹盡山中綠可憐凌雲條化爲樵夫束
凛然造物意豈復私一木置身有得地不問直與曲

青松未必貴枯榆還自足紛然落葉下蕭條愧華屋

榆

盛衰日相尋循環何曾歇攀條擘彔萸回首驚脫葉

綠槐陰最厚零落今存莢千林一枯槁平地三尺雪

槐

草木何足道盈虛視新月微陽起泉下生意未應絕

故園今何有猶有百竿竹春雷起新萌不放牛羊觸

雖無朱欄擁不見紅塵辱清風時一過交戛響鳴玉

淵明避紛亂歸嘆東籬菊嗟我獨何爲棄此北窓綠

竹

田如山下藤脆若溪上蔕春風一張王秋霜死則巳
胡爲南澗中辛勤種栢子上枝撓雲霓下根絞石齒
伐之爲梁棟歲月良晚矣白首閱時人君看柱下史
栢

次韻子贍贈張憨子

得罪南來正坐言道人閉口意深全天遊本自有眞
樂觜〻轂〻詭知定不賢構火瞰〻初吐日飛流袞袞旋
成川此心此去如灰冷肯更逢人問復然

過龜山

再涉長淮水驚呼十四年龜山老僧在相見一茫然

僧老不自知我老私自憐軀馳定何獲少壯空已捐
掉頭不見答笑指岸下船人生何足云陵谷自變遷
當年此山下莫測千仞淵淵中械神物自昔堯禹傳
帆檣避石壁風雨隨香煙爾來放冬汴冷沙漲成田
褰裳六月渡中流一帶牽俯首見砂樂聳漁捕魴鱣
父老但驚歎此理未易原何況七尺軀不爲物所旋
衆形要同盡獨有無生全百年爭奪中擾擾誰相賢

放閘二首

畫舫連檣住清流汎閘平忽看銀漢落仍聽夏雷驚
正拖遲廻又開頭取次輕滯晋初一快奔駛忽如傾

不識風濤恐聊同枕席行行逢賤魚稻飽食慰平生

又

開空非有礙水静爲誰興開閉偶然與喧豗自不勝
淵停初鏡净勢轉忽雲崩脱隘尚容與投深益沸騰
玉山紛破碎陣馬急侵陵挾版千鈞重浮舟萬斛升
岸摇將落木魚困或投罾洶湧曾誰止蕭條遠欲凝
力争知必折少待亦何能一發臨流笑微言早服膺

次韻王適細魚

羣魚一何微僅比毛髮大嬉遊極草草鬚鬣自箇箇
造物賦群形偶然如一唾吞舟雖云巨其樂不相過

若言無性靈還知避船桅

高郵別秦覯三首

濛濛春雨濕邗溝蓬底安眠晝擁裘知有故人家在此速將詩卷洗閑愁

筆端大字鴉棲壁袖裏清詩句琢冰送我扁舟六十里不嫌罪垢汙交朋

高安此去風濤惡猶有廬山得縱遊便欲攜君解船去念君無罪去何求

召伯埭上斗野亭

細雨添春色微風淨歸流徂年半今世生計一扁舟

飲食隨魚蟹封疆入斗牛江波方在眼轉覺此生浮

次韻鮮于子駿遊九曲池

天高山近海春盡草生池禾黍多新恨川原自昔時花存故苑麗樵出舊城隳莫望瓜州渡曾經駐佛貍

楊州五詠

九曲池

穠老淸彈怨廣陵隋家水調繼哀音可憐九曲遺聲盡惟有一池春水深鳳闕蕭條荒草外龍舟想像綠楊陰都人似有興亡恨每到殘春一度尋

平山堂歐陽永叔所建

堂上平看江上山晴光千里對憑欄海門僅可一二
數雲夢猶吞八九寬簷外小棠陰蔽芾壁間遺墨渺
洸瀾人亡坐使風流盡遺構仍須子細觀

蜀井 在大明寺

信脚東遊十二年甘泉香稻憶歸田行逢蜀井恍如
夢試煮山茶意自便短綆不收容盥濯紅泥遠置亦
清鮮早知鄉味勝爲客遊宦何須更著鞭

摘星亭 迷樓舊址

一

闕角孤高特地迷迷藏渾忘日東西江流入海情無
限莫雨連山醉似泥夢裏興亡應未覺後來愁思獨

難齊只堪晋作遊觀地看遍峯巒處處低

僧伽塔

山頭孤塔閟眞人云是僧伽第二身處處金錢追晚供家家蠶麥保新春欲求世外無心地一掃胷中累刼塵方丈近聞延老宿清朝晋客語逡巡

題杜介供奉熙熙堂

門前籍籍草生徑堂上熙熙氣吐春遮眼圖書聊度日放情絲竹最關身年來頻脫烏皮几客去時乾漉酒巾卜築城中移榜就休心便作廣陵人

遊金山寄楊州鮮于子駿從事邵光

楊州望金山隱隱大如幞揭來長江上孤高二千尺
僧居壓山小面面貼蒼石虛樓三百間正壓江潮白
清風斂霽霧曉日曜金碧直侵魚龍居似得鬼神役
我行有程度欲去空自惜風吹渡江水山僧午方食
波瀾洗我心筍蕨飽我腹平生足遊衍壯觀此云極
鐵甕本誰安海門復誰植東南遞隱見遥與此山匹
茲遊幾不遂深愧幕府客歸時日已莫正直江月黑
顧視天水幷坐恐星斗濕使君何時罷登覽不可失

初至金陵

山川過雨曉光浮初看江南第一州路繞匡廬更南

去懸知是處可忘憂

欒城集卷第九

欒城集卷第十

詩九十六首

和孔武仲金陵九詠

白鷺亭

白鷺洲前水奔騰亂馬牛亭高疑欲動船去似無憂洶湧山方壞澄清練不收中秋誰在此明月滿城頭

覽輝亭

城裏最高處坡陁見一城山多來有緒江遠静無聲歌吹風前度樓臺雨後明風光同楚蜀聊此慰生平

鳳凰臺

鳳鳥久不至斯臺空復高何年種梧竹特地蕹蓬蒿
白水來無際青山轉幾遭南遊且未返江海共滔滔

天慶觀

興廢不可必冶城今静祠松聲聞道路竹色浄軒墀
江近風雲改亭深草木滋孤墳弔遺直狂闇閱元規

卞壼墓在觀側

高齋

金陵佳處自無窮使宅幽深即故宫樓殿六朝遺燼
後江山百里舊城中兩餘尚有金鈿落月出長窺粉
堞空看畫一城懷古地兹遊恨不與君同

此君亭（在神藏寺）

綠竹不可數孤亭一倍幽色分巖石潤悄出澗松修
雪節寒方見春萌旱不抽故山多此物長恨未歸休

見江亭（在蔣山）

江水信浩渺連山巧蔽虧端能上嶮絶故自識津涯
臧没檣竿度飄颻鷺羽遲何人倚舟望亦愛此峯危

定林院

定林兩山間崖木生欲合茅屋倚巖隈重重蔭清樾
晨齋取旁寺生事信幽絶吾人定何爲常欲依暖熱

八功德泉

若言山上泉，定有何功德。熱盡自清涼，苦除即井滑。
頗遭遊人病，時取破匏挹。煩惱雖云清，凛然終在臆。

遊鍾山

江南四月如三伏，北望鍾山萬松碧。杖藜試上寶公
龕，衆壑秋聲起相襲。青峯回抱石城小，白練前横大
江直。石梯南下俯城闉，松徑東蟠轉山谷。喬林無風
聲如雨，時見遊僧石上息。行窮碧澗一庵巖，坐弄清
泉八功德。歸尋晚飯衆山底，困卧定林依石壁。朝遊
不知澗谷遠，莫歸但覺穿雙屐。老僧一身泉上住，十
年掃盡人間迹。客到唯燒栢子香，晨飢坐待山前粥。

丈夫齋時誠妄語白首居山本良策茹蔬飯糗何足道絶灰洗心聊自滌失身處世足愆尤愧爾山僧少憂責

郭祥正國博醉吟庵

姑熟溪頭醉吟客歸作茅庵劣容席團團鴿卵中自明窗前月出夜更清醉吟自作溪上語不學擁鼻雒陽生詩成付與坐中讀知有清溪可終日作詩飲酒聊復同誰來共枕溪中石圓天方地千萬里中與此間大相似嚣然一息不自停水火雷風相滅起直須只作此庵看歌罷曲肱還醉眠不用騎鯨學太白東

入滄海觀桑田

湖陰曲

老虎穴中卧獵夫不敢窺騂騮服箱驂盜驪巡城三匝漫不知帳中晝夢日逸壁驚起知是黃須兒馬鞭七寶留道左猛士徘徊不能過遺失如去氷已遂明日神兵下赤霄荒城至今人不住孤兔驚走風蕭蕭

舟次大雲倉回寄孔武仲

一風失前期十日不相見君帆一何駛去若乘風箭我舟一何遲出没菰葭亂蘢中有白糟床上有黃卷妻孥不足共思子但長嘆池陽重相遇撫手成一粲

先行復草草回首空眷眷人生類如此遲速亦何筭

一見誠偶然四海良獨遠相期廬山陰把臂上雲巘

池州蕭丞相樓二首

遶郭青峯腴睨屯入城流水縠文翻樓成始覺江山勝人去方知德業尊坐乂浮雲霾後嶺酒醒飛雪變前村我來邂逅公歸國猶喜登臨共一樽池守滕元發日將解去

丞相風流直至今朱欄仍對舊山林奔馳軒冕身何有跌宕圖書意最深松遶城頭風瑟縮江浮山外氣陰森三年不起南遷想應有前人識此心

過九華山

南遷私自喜看盡江南山孤舟少僮僕此志還復難局促守破窗聮翩過重巒忽驚九華峯高拱立我前蕭然九仙人縹緲凌雲煙碧霞爲裳衣首冠青琅玕揮手謝世人可望不可攀我行覔草草安能拍其肩但聞有高士卧聽松風眠松根得茯苓狀若千歲黿煑食一朝盡終身棄腥羶腹背生緑毛輕舉如翔鸞相逢欲借問已在長松端何年脫罪罟出處良自便芒鞋挂藤杖逢山即盤桓斯人未可求巖室儻復存

佛池口遇風雨

長江五月多風暴欲行先看風日好北風忽作東南來陰雲如湧撥不開驚雷往還轉車轂狂波低昂起坑谷中流一葉那復持卷舒已付天公知解帆轉柂不容語佛池口中幸可住須臾急雨變昏霾旆師喜賀風已回澄谿不動縈白練老木蒼崖蔚蔥蒨繫舟茅屋得青蔬試問釣船還有魚開樽引滿向妻子明日復行未須悕陰陽開闔良等閑扁舟誰令乘險艱

舟次磁湖以風浪留二日不得進于瞻以詩見寄作二篇答之前篇自賦後篇次韻

慚愧江淮東北風扁舟千里得相從黃州不到六十

里白浪餞牛百萬重自笑一生渾類世可憐萬事不
由儂夜深蒐夢先飛去風雨對床聞曉鍾
西歸猶未有菟裘擬就南遷買一丘舟楫目能通蜀
道林泉真欲老黄州魚多鈞户應容貫酒熟鄰翁便
可留從此莫言身外事功名畢竟不如休

黄州陪子瞻遊武昌西山

千里到齊安三夜語不足勸我勿重陳起遊西山麓
西山隔江水輕舟亂鳧鷺連峯多回溪盛夏富草木
杖策看萬松流汗升九曲蒼茫大江湧浩蕩衆山蹙
上方寄雲端中寺倚巖腹清泉類牛乳煩熱須一掬

縣令知客來行庖映脩竹黄鵝特新煮白酒近亦熟
山行得一飽看盡千山緑幽懷苦不遂滯念每煩促
歸舟浪花瞑落日金盤浴妻孥寄九江此會難再卜
君看孫討虜百戰不搖目猶憐江上臺高會飲千斛
巾冠墮臺下坐使張公哭異時君再來攜被山中宿

將還江州子瞻相送至劉郎洑王生家飲別

相從恨不多送我三十里車湖風雨交晉車武子敵舌其水曰車湖松竹相披靡繫舟枯木根會面兩王子嘉眉雖異郡雞犬固猶邇相逢勿空過一醉不須起風濤未可涉隔竹見奔駛渡江買羔豚收網得魴鯉朝畦甘瓠

熟多盎香醪美烏菱不論價白藕如泥耳誰言百口
活仰給一湖水奪官正無賴生事應且爾卜居請連
屋扣戶容徙倚人生定何爲食足眞已矣慾壑未見
弭世俗多相鄙買田信良計蔬食期没齒手持一竿
竹分予長湖尾

赤壁懷古

新破荊州得水軍鼓行夏口氣如雲千艘已共長江
險百勝安知赤壁焚觜距方強要一鬭君臣已定勢
三分古來伐國須觀釁意突成功所未聞

自黄州還江州

身浮一葉迈溢城凌犯風濤日夜行把酒獨斟從睡重還家漸近覺身輕岸回樊口依俙見日出廬山紫翠横家在庾公樓下泊舟人遥指岸如頳（江州城下土赤如赭）

江州五詠

射蛟浦

萬騎巡遊遍千帆破浪輕射蛟江水赤教戰越人驚山轉樓船影岸催連弩聲祈招無爲賦酬寢盡平生（浦上積水相傳漢武教擢船於此）

浪井

江波浮陣雲岸壁立青鐵胡爲井中泉湧浪時驚發

水性本無定得止自澄澈誰爲女媧手補此天地裂

庾樓

元規情不薄上客有欲生夜半酒將闌公來坐不驚舞翻江月迴談落塵毛輕塵世風流盡高樓空此名

東湖

讀書廬山中作郡廬山下平湖浸山脚雲峯對虛樹紅蕖紛欲落白鳥時來下猶思隱居勝亂石驚湍瀉

李勃隱居廬山泉石奇勝今婁督李其故居也及為九江太守始營東湖風物可愛

琵琶亭

湓江莫雨晴孤舟暝將發夜聞胡琴語展轉不成別

尊堂寄東林雖意存北闕潸然涕泗下安用無生說

不到東西二林

山北東西寺高人永遠師來遊亦前定回首獨移時

社散白蓮盡山空玄鶴悲何年陶靖節溪上送行遲

遊廬山山陽七詠

開先瀑布

山上流泉自作溪行逢石缺瀉虹霓定知雲外波瀾

闊飛到峯前本末齊入海明河驚照曜倚天長劍失

提攜誰來卧枕莓苔石一洗塵心萬斛泥

漱玉亭

山回不見落銀潢餘溜喧豗響石塘目亂珠璣濺空
谷足寒雷電繞飛梁入瓶銅鼎春茶白接竹齋厨午
飯香從此出山都不棄滿田秔稻插新秧

簡寂觀

山行但覺鳥聲殊漸近神仙簡寂居門外長溪淨客
足山腰苦筍助盤蔬喬松定有藏丹處大石仍前拜
斗餘弟子蒼髯年八十養生世世授遺書

歸宗寺

求聽歸宗早晚鐘疲勞懶上紫霄峯愚池漫疊溪中
石白塔微分嶺上松佛宇爭惟一山甲僧厨坐待十

方供欲遊山北東西寺巖谷相連更幾重此寺王逵少所置云

有墨池在焉

萬杉寺

萬本青杉一手栽滿堂白佛九天來仁宗初年有僧種萬杉特為建此寺仍以禁中供賜之涓涓石溜供厨足矗矗山屏遶寺開半榻松陰秋簟冷一杯香飯午鐘催安眠飽食平生事不待山僧喚始迴

三峽石橋

三峽波濤飽泝洄過橋雷電記當年江聲髣髴瞿唐口石角參差灩澦前應有夜猿啼古木已將秋葉作

歸船老僧未省遊巴蜀松下相逢問信然

白鶴觀

五老相攜欲上天玄猿白鶴盡疑仙浮雲有意藏山頂流水無聲入稻田古木微風時起籟諸峯落日盡生煙歸鞭草草還城市慙愧幽人正醉眠

南康阻風遊東寺

欲涉彭蠡湖南風未相許扁舟厭搖蕩古寺慰行旅重湖面南軒驚浪卷前浦霏微雪陣散顛倒玉山舞一風輒九日未悉土囊怒百里斷行舟仰看飛鴻度故人念征役一飯語平素竹色爭飛濤松聲亂和雨

我生足憂患十載不安處南北已無忘遲速何須數

寄題陳憲郎中竹軒

家有脩篁緑滿軒趨庭詩禮舊忘言凌霜自得良朋友過雨時添好子孫試翦輕筠扶野步旋收涼葉煑清樽風流共道勝桑梓鄰里何妨種百根

次韻孔武仲到官後見寄

舉楫同千里繫舟時一言共嗟蓬作屋願就席爲門行後身先困征商思益昬僅同登龍斷何止服車轅

次韻筠守毛維瞻司封觀修城三首

北垣荆棘舊成堆晋待公來埃第開車馬已通城下

路榛蕪盡付冶家灰異時碧瓦千門合應記紅旗百
度來自笑裨諶便曠野肩輿飛蓋許追陪
撥棄案頭文字堆曉晴山色四門開究懷民事老難
壯俛首山城心已灰荆棘燒殘桑柘出狐貍去盡大
難來規模先遣通蹊隧後乘應容衆客陪
山脚侵城起阜堆遶城徼道斬新開闉闍半壞驚潮
信隍塹初深見刼灰蟻聚千夫曾幾日鱗差萬瓦看
將來史君才力輕山郡朝論行聞急召陪
次子瞻夜字韻作中秋對月二篇一以贈正
郎二以寄子瞻

平明坐曹黄昏歸終歲得閑惟有夜已邀明月出牆東更遣清風掃庭下城上青鬟四山合門前白練長江瀉誰家鬲會吹參差鄰婦悲歌春罷亞二年憂患今已邀一夜清光天所借西京詩句出蘇李南國風流數王謝已隨孤棹去中原肯顧新科求上舍讀書本自比嵇鍛學劍要須問曹蔗清觴灩灩君莫違佳句騷騷予已怕狂夫倡狂終累人不返行遭親黨駡

又

十年秋月照相思相從秖有彭門夜露侵笳鼓思城闕寒迫魚龍舞潭下厭厭夜飲歡自足落落襟懷向

人瀉秋深河來巨野溢水乾樓起滕王亞北海孔公
雖好客河內冠君那得借是非朝野忽紛紜得喪芳
菲一開謝明月多情還入門流水何知空遶舍晨餐
江市富鱣魴夜宿山村足梨棗坐隅鵩鳥不須問牆
外蝮蛇猶足怕妻公見唾行自乾馮老尚多誰定罷

次韻王適食茅栗

相從萬里試南餐對案長思苜蓿盤山栗滿籃兼白
黑村醪入口半甜酸久聞牛尾何曾識竊比雞頭意
未安故國霜蓬如盌大夜來彈劍似馮驩

過毛國鎮夜飲

風格照人華省郎江山遶郭古仙鄉漫傳鉛鼎八百
歲未比金釵十二行不動歌聲人已醉旋聞詩句夜
初長簿書撥盡知餘力道院清虛項未嘗

次韻毛國鎮趙景仁唱和三首一贈毛一贈

趙一自詠

治劇從容綏策銜鈴軒無事日清談隼旟畫戟明千
里紙帳繩床自一庵金奏屢陳容客和玉山不動看
賓酣我來邂逅逢寬政忘却漂流身在南

一紙新詩過鴈銜醒然何異接君談奉親魚蟹熟臨
海退食琴書定有庵一別經年真似夢多憂不飲亦

如酬共君交契非今日蔽芾棠陰自劒南
遠謫江湖舳尾銜到來辛苦向誰談畏人野鶴長依
嶺厭事山僧秖住庵黃雀頻來成一飽白醪新熟喜
初酣疎頑近日尤堪笑坐任飄風去自南

再和三首

穴鼠何須窶數銜罋官不用苦高談夜傾淥蟻風吹
竹晝擁黃紬雪覆庵每作微詞還自笑偶蘄餘潤亦
成酣公詩精絕非倫擬自古騷人盡在南
燕窠泥土一春銜慙愧封侯止立談舊隱尚聞存竹
徑歸休但要葺茅庵釣船夢想沿溪泛酒盞遥思向

日酣強欲遲晉依幕府吳公行恐召河南

天教窮困欲誰衛生事那須一一談自笑豐年塵滿甑不堪雨後菌生庵士師憔悴經三黜陶令幽憂付一酣它日歸耕着相憶尺書頻寄北山南

次韻王適州學新修水閣

黃鐘巨挺兩春容何幸幽居近學宮坐對江山增浩氣力追齊魯欲同風頌詩聞道求何武家法行看試左雄欲伴少年遊矍相奔軍慙愧恐詞窮

次韻毛君九日

山脚侵城盡是臺登高處處喜崔嵬手拈霜菊香無

忝面拂江風酒自開幕府樽罍雲裏集民家歌吹静
中來定知勝却陶彭澤悵望籬邊白日頽

次韻毛君感事書懷

種棠經歲便成林秋雨調匀氣漸和才力有餘嫌事
少風情無限覺詩多長松更老仍添節古井雖深自
不波宴坐山房人豈識一樽聊且慰蹉跎

次韻毛君見督和詩

新詩落紙一城傳顧我跡蕪豈足編它日杜陵詩集
裏帝沼略見兩三篇

次韻毛君山房遣興

欲就陽崖暖新開石磴斜誰言太守宅自是野人家
燕坐收心鑑冥觀閲界沙退公長寂寞外物自喧譁
鈌逕移松補斜陽種竹遮白雲生後礎孤鷺伴殘霞
破悶時尋鶴呼眠亦任鴉喜聞糟出甕屢問菊開花
古井元依斗丹砂舊養芽蚍蜉頻上案㑩狖巧分樝
客到扁舟遠年侵兩鬢華心搖掛風旆眼暗隔輕紗
強撥横肱睡來從插版衙隱居慙棄擲勝地每咨嗟
頑鈍緣何取彫磨豈復加焦先凨所尚圜舍恰如蝸

和胡教授蒙太守策試諸生

著籍初同闕里多釆芹先致魯風和欲將大策觀胷

膽盡召中堂列厲䳶終日正言何忌諱幾人餘力尚
委蛇豈惟太守知爲政仍見先生善設科

和毛君州宅八詠

鳳凰山

山川蟠踞偶成形威鳳低回久未行更種梧桐眞可
致高飛性似伯夷清

披仙亭

仙翁舊住蜀江邊千歲歸來一鶴翩城郭巳非人事
改淒凉遺迹但披仙

方沼亭

池上茅簷覆水低早來秋雨尚虹霓敗荷折葦飛鴻下正憶漁舟泊故溪

翠樾亭

一夜飛霜點緑苔曉庭黄葉掃成堆簷間翠樾彫疎盡却放牆東好月來

李八百洞

洞府山川百里賒洞門藤蔓鎖煙霞神仙不與人間異弟妹還應共一家

煉丹片

鑿井燒丹八百年壁緑消盡果初圓石床鮮甃人安

在渌水圓圍一片天

磨劒池

神仙鑄劒本無硎岸石斑斑尚鐵銼天上少年仍彼猶不須還爾對方平

山房

岸幘攜筇夜夜來蒲團紙帳竹香臺直須覓取僧爲伴更爲開庵斸草萊

次韻毛君病中菊未開

病勝秋深霖雨傷舊緗故絮喜清凉菊花金粟未曾吐桂酒鵝兒空自黄草木亦知年有閏風霜漸近月

方陽計朋月為得詩聞道維摩病欲欲到毗耶言已忘

雨中宿酒務

微官終日守糟缸風雨凄凄夜渡江早歲謬知儒術貴安眠近喜壯心降夜深唧唧醅鳴甕睡起蕭蕭葉打窗阮籍作官都爲酒不須分別恨南邦

次韻毛君經旬不用鞭扑

共喜秋深酒味醇官曹休暇不須旬政寬境内棠陰合訟去庭中草色新不惜牛刀時一割已因鼷鼠發千鈞歲終誰爲公書考豈止江西第一人

次韻李撫辰屯田修州門

六月江濤壁壘頹蒼岸翠䔲就新臺咄嗟雙闕還依舊咫尺群山信有材畫戟風生兩衙退飛橋日出萬人來不因毀圮催興築誰見雍容治劇才

飲酒過量肺疾復作

朝蒙麴塵居夜傍糟床卧鼻香黍麥熟眼亂瓶罌過囊中衣已空口角涎虛墮嫈嘗未去足盜觶恐深坐史君信寬仁高會慰寒餓西樓適新成明月猶半破擁簷青山横拂檻流水播雕盤貯𥻆實銀盎薦秋穤共言文字歡豈待紅裙佐惟知飽醍醐滑不悟頗羅大夜歸肺增漲晨起脾失磨情懷忽牢落藥餌費調和

衰年足奇窮一醉仍坎坷清樽自不惡多病欲可奈
聞公話少年舉白不論箇歌吟雜嘲謔笑語爭掀皷
平明起相視銳氣曾未挫達人遺形骸駑馬懷豆莝
不知逃世網但解憂歲課不見獨醒人終費招蒐些

衢州趙閲道少師濯纓亭

掛冠纓上已無塵猶愛溪光碧照人點檢舊遊黄石
在掃除諸念白鷗親一樽父老囊金盡三逕松筠生
事貧它日南公數人物丹青添入縣圖新

茶花二首

黄蘗春芽大麥麄傾山倒谷採無餘只疑殘枿陽和

盡尚有幽花霰雪初耿耿清香崖菊淡依依秀色嶺
梅如經冬結子猶堪種一畝荒園試爲鉏
細嚼花鬚味亦長新芽一粟葉間藏稍經臈雪侵肌
瘦旋得春雷發地狂開落空山誰比數烹來歲最
先嘗枝枯葉硬天真在踏遍牛羊未改香

次韻毛君山房即事十首

案牘希疎意自開夜闌幽夢曉方回青苔紅葉騷人
事時見詩筒去又來
東晉仙人借舊山定應天意許公閑郡人欲問史君
處笑指峯巒紫翠間

蛩知秋候時鳴壁香礙蕭簾不出門隱几無言心有
得南窻晴日暖侵軒
溪山付與醉中仙美酒何曾斗十千就得江邉賤魚
稻閑官未用苦相憐
忘身先要觧忘名分別須臾起不平請看早朝霜入
鬢何如卧聽打衙聲
禽哢秋來不復圓桐陰霜後亦成穿黄花强欲招酣
飲白髮偏乚報老年
邂逅清歡屢不期病來無奈羽觴飛醉乘籃轝江邉
去長伴漁舟月下歸

醉裏題詩偏韻惡秋來勸酒盆盃深不才多病俱非
敵綠綺綠綺何得報金
庵中獨宿兩垂垂永夜無人款竹扉灰冷銅爐香欲
滅床頭一點膓燐微
觸事隨緣不用多華堂玉食奈憂何美人未屬山阿
陋薜荔爲裳帶女蘿

再和十首

澗草巖花日日開江南秋盡似春回旋開還落無人
顧惟有山蜂暖尚來
江上孤城面面山吾人也自不曾閑蜂遊蟻聚知何

事日夜長橋南北間

城郭村墟共水雲槿籬竹屋映柴門隱居亦有高人在岸幘無言倚釣軒

一官踈散自疑仙三考應成醉日千早病困須閑地著多憂長被達人憐

養生尤復要功圓溜滴南溪石自穿近見牢山陳道士徵言約我更三年牢山陳道士嘗過此州竟無所云約三年當再見

張公詩社見公名公昔與張自達為唱和之友白首山城嘆不平

坐客要聞新樂府應須溢口琵琶聲

高情日與故山期鴻鵠誰言也倦飛且聽漁人強哺

啜坐中羈客畏公歸
天爲多才故欲禁府門摧落漲江深冉冉新翠筵排精
鐵湧出飛樓直百金
樓上青山遶四垂畫橋百步引朱扉落成當輿公同
上一看長江白練微
歌舞留賓意自多華燈數問夜如何白頭病客無才
思慣卧茅庵長薜蘿

筠州二詠

牛尾貍

首如貍尾如牛攀條捷嶮如猱猴橘柚爲漿栗爲餱

筋肉不足惟膏油深居觧出善自藏尋蹤發窟弁執
因菑租分散身爲羞松薪厇雞烝孚浮壓入糟盎肥
欲流熊肪羊酪亘比儔引筋將衆訊何尤無功竊食
人所仇

黄雀

秋風下黄雀飛禾田熟黄雀肥群飛蔽空日色薄遂
巡百頃朱爲稀翾翻巧捷多且黴精丸繳妙舉輒遠
乘時席勢不可揮一朝風雨寒霏霏肉多翅重天時
非䍐夫舉網驚合圍懸頸係足膚無衣百箇同缶仍
相依頭顱萬里行不歸北方人居厭羔豨咀嚼聊發

欒城集卷第十

一 笑敘

欒城集卷第十一

詩八十六首

和毛君新葺園庵船齋

厭居華屋住東庵，直味全勝食薺甘。多病維摩長隱几，無心彌勒便同龕。誤遊田舍空成笑，謬入僧房卻欲參。風露不知吹有萬，月明聊共影成三。齋如小舫才容住，室類空囷定不貪。擁褐放衙人寂寂，脫巾漉酒鬢毿毿。書囊書帙惟窗案，藥裹瓢樽掛壁籃。簷竹風霜曾不到，盆花蜂蝶未全諳。公餘野鵲驚初睡，賓醉佳人笑劇談。勸客巨觥那得避，和詩難韻不容探。

曉來霏霧連江氣冬後温風帶嶺嵐去國屢成還蜀
夢忘憂惟有對公酣終身徇禄知何益投檄歸耕㕘
未堪借我此庵泥藥竈古書鴻寶試淮南

寒雨

江南殊氣候冬雨作春寒氷雪期方遠蕉絺意始闌
未妨溪草緑先恐嶺梅殘忽發中原念貂裘據錦鞍

積雨二首

山雨無時歇江波上岸流泥深未免出橋斷更堪憂
旁戕鄰㷮甕窨寒攬絮裘朝來勢未巳歸路恐操舟

又

微陽力尚淺未解破重陰雲氣山川滿江流日夜深
凍牙生滯穗餘潤及重衾泥濘沉車轂農輸絶苦心

戲贈李朝散

江霧霏霏作雪天樽前醉倒不知寒後堂桃李春猶
晚試覓酥花子細看

戲荅

銀餅瀉酒正霜天玉塵生風夜更寒下客不辭投轄
飲好花猶恐隔簾看

臨江蕭氏家寶堂

高人不解作生涯唯有中堂書五車竹簡多於孔氏

壁牙籤新似鄴侯家田園豈是子孫計青紫今爲理

巷誇富貴早知皆有命君應未厭十年賒

和蕭刑察推賀族叔司理登科還鄉四首

家聲籍籍大江西臨老揮毫棒御題得意何殊少年樂還家不惜醉如泥

讀盡家藏萬卷書蕭然華髮官遊初區區獄掾何須愧聊把春秋試緒餘（崇儒以春秋決獄）

作官未減讀書勤簿領從今日日新汗簡齋編誰付予傳家應有下帷人

巷南諸子足才賢邂逅相逢秀句傳強作短章聊寄

與異時見我一依然

次韻吳厚秀才見贈三首

騷人思苦骨巖巖，百里攜詩相就談。故作微詞挑遷客，不嫌春雨濕歸衫。少年嘗喜登高賦，老病今成見敵慙。問我近來誰復可，對君聊擬誦周南。

久欲歸田計未成，羨君貧郭足爲生。躬耕不用干鍾祿，高卧誰知萬里征。已覺安閑真樂事，可憐辛苦晝浮名。隱居便作江南計，爲覓佳山早寄聲。

一卷新詩錦一端，掉頭吟諷識芳酸。哀歌永夜悲牛角，朗詠扁舟笑杏壇。閒發笙簧猶可擬，棄捐斤斧定

知難繼君高韻君應笑咀嚼歸途久據鞍

次韻毛君燒松花六絕

茅庵紙帳學僧眠爐爇松花取易然惟有未能忘酒石手傾金盞闘垂連

餅雜松黃二月天盤敲松子早霜寒山家一物都無棄很錯乾佗最後般蜀人以松黃為餅甚美

松老香多氣自嚴餘煙勃鬱透疎簾須臾過盡惟灰在借問誰收一番炎

美人懶甚抻開㡙金作松花抻羃羅幾度低頭疑墮落青煙已斷未消時

枯蕚鱗皴不復豎重重正似半開蓮曾今樵舍塼爐
見未許邪君畫閣然
黃蠟供炊自一家錙銖貧富遞矜誇都城爭買方薪
貴却顧松花已自奢

陪毛君遊黃仙觀

李叟仙居仍近市黃公道院亦依城定應昔日山林
地未有今時雞犬聲白鶴翻飛終不返黃冠憔悴只
躬耕試從車騎尋遺跡恐有居人解養生

次韻王適梅花

江梅似欲競新年照水窺林態愈妍霜重清香渾欲

滴月明素質自生煙未成細實酸猶薄半落南枝意
可憐誰寫江西風物樣徐家舊有數枝傳

次韻王適春雪二首

江南春後寒猶劇細雨風吹作雪花中夜窓扉初晃
漾平明草木半低斜潤催江栁排金線光雜山茶點
絳葩老病不堪乗晓出紛紛能使髪增華
春雪飄揺旋不成依俙履跡散空庭山藏複閣猶殘
白日照南峯已半青

毛君惠温柑荔支二絶

楚山黄橘彈丸小未識洞庭三寸柑不有風流吴越

容誰令千里送江南
荔子生紅無奈遠陳家驪白到猶難雖無驛騎紅塵
起尚得佳人一笑歡

次韻王適遊真如寺

江上春雨過城中春草深擾擾市井塵悠悠溪谷心
東郊大愚山自古薝蔔林微言久不聞墜緒誰當尋
道俗數百人請聞海潮音齋罷車馬散方籟俱消沉
新亭面南山積霧開重陰蕭然偶有得懷抱方愔愔
我生米鹽間日被塵垢侵不知山中趣强作山中吟

韻次王適新驚

好雨纖纖潤客衣新來雙鷺力猶微似嫌春早無人
見故待簾開掠地飛南國花期知不遠中原寒劇不
應歸養雛不怕巢成早記取朝朝爲啓扉

官居即事

官舍紛紜簿領迷生緣瑣細老農齊偷安旋種十年
木肉食還須五母雞對酒不嘗憐酤榷釣魚無術漫
臨溪此身已分長貧賤執爨縫裳愧老妻

陪毛君夜遊北園

池塘草生春尚淺桃李飛花初片片一樽花下夜忘
歸燈火尋春畏春晚春風暗度人不知滿園紅白已

離披江南春雨少晴日露坐青天能幾時折花只恐傷花意攜客就花花定喜落蘂飄香翠袖中交柯接葉燈光裏雨練風柔雪不如精神炫轉影扶疎夜香飛驚勝朝日月暗還須明月珠美人勸我殊非惡明日雨來無此樂醉歸不用怕山公馬上接羅先倒著

山橙花口號

故鄉寒食荼蘼發百和香濃村曼深漂泊江南春欲盡山橙髣髴慰人心

次韻馮弋同年

細雨濛濛江霧昏坐曹聊且免泥奔賣鹽酤酒知同

病一唉何勞賦北門

送王適徐州赴舉

送別江南春雨淫北方誰是子知音性如白玉燒猶

令文似朱弦叩愈深萬里同舟寛老病一杯分袂發

悲吟明年牓上看名姓楊栁春風正似今

遊吳氏園

細雨作寒晴便暖好風吹袂意初佳清池解洗春心

熱紅艷能添醉眼花紫竹暗生岷岫笋山丹強比洛

人家怜渠巧與閑官便申退來遊未覺賒

江州周寺丞夷詠亭

行過廬山不得上湓江城邉一惆悵羡君山下有吏亭千巖萬壑長相向山中李生好讀書出山作郡山前居手開平湖浸山脚未肯便與廬山踈道州一去應嫌遠千里思山夢中見青山長見恐君嫌要須罷郡歸來看

次韻毛君遊陳氏園

增築園亭木草新損花風雨怨頻頻貧管似欲迎初暑芍藥猶堪送晚春簿莫出城仍有伴移壺籍草更無廵歸軒有喜知誰見道上從横滿醉人

江漲

山中三日雨江水一丈高崩騰没洲渚淫溢侵蓬蒿
凌晨我有適出門舟自操中壓巳易肆下道先容舠
雞犬萃墳冢牛羊逾圈牢厨薪散流柿困米爲浮糟
卧席不遑卷剥頸仍未繅老翁但坐視閭里將安逃
徙居共擾擾來勢方滔滔嗟余偶同病哀爾爲生勞
晴日慰人願寒風送驚濤藩籬出舊趾羸蚌遺平皋
流竄非擇地艱難理宜遭胡爲苦戚戚一夕生二毛

和子瞻鐵柱杖

截竹爲杖瘦且輕石堅竹破誤汝行削木爲杖輕且
好道遠木折恐不到閩君鐵杖七尺長色如黑虵氣

如霜提攜但恐汝無力撞堅過險安能傷鄉公雖老
尚强健閉門却埽不復將知公足力無嶮阻憐公未
有登山侶回生四海惟一身袖中長劒爲兩人洞庭
漫天不覺過半酣起舞驚鬼神願公此杖亦如此適
意遨遊日千里歸來倚壁示時人海外蒼茫空自記

競渡

史君欲聽榜人謳一夜江波拍岸流父老不知召伯
恨少年争作弄潮游長鯨破浪聊堪比小旆迎風殊
未收角勝争先非老事凭欄寓目思悠悠

登郡譙偶見姜應明司馬醉歸

蒼然莫色映樓臺江市遊人夜未廻何處酒仙無一
聳肩輿軿軛過橋來

送姜司馬

七歲立談明主前江湖晚節弄漁船關雒誰識城東
老喪馬方知塞上賢生計未成歸去詠草書時發醉
中顛當年不辭看齊物氣踴如山誰見憐

寄題趙屼承事戲綵堂

春晚安輿遍浙東采嘉别乘喜無窮囊裝已笑分諸
子吏道何勞問辦公堂上壽樽諸椽集室中禪論两
僧通與闌卻返林泉去幕府長留孝弟風

次韻温守李鈞昇寄熱簡毛夫人

梁死相從簿領中清風相逐畫船東婆娑江海凌雲鶴飲啄籠樊失滑鴻別後丹砂迷舊訣愁來白髮變衰翁此間詩老仍勍敵正憶高吟酒盞空

次韻洞山充文長老

無地容錐卓年來轉覺貧偶知珠在手一任甑生塵竄逐非關性顛狂却甚真此心誰復識試語洞山人

試院唱酬十一首

戲呈試官呂昉

新秋風月正凉天空館相看學坐禪瀟灑詩書愁病

眠隔牆砧杵思高眠霜飛一葉凋瓊玉風送雙松奏
管絃聞道熊羆歸夢數侵天闕棘欃森然

次韻呂君豐城寶氣亭

紫氣飛空不月謀誰憐黿勉匣中晋西山猛獸横行
甚北海長鯨何月收星斗不堪供醉舞蛟龍曾看反
重湫功成變化羝蹤迹望斷中原百尺樓

次韻呂君見贈

偶然傾蓋接清言不覺門前晝漏傳老病低摧方伏
櫪壯心堅銳正當年莫嫌客舍一杯酒試論灊山三
祖禪明日程文堆几案只應衮懶得安眠呂前官舒州問禪齋

山

次韻呂君興善寺靜軒

自恨尋山計苦遲，年過四十始知非。小軒迎客如招
隱，野鳥窺人自識機。窓外竹深孤鶴下，堦前菊秀晚
蜂飛。老僧戰勝長幽寂，瘦骨緣何未肯肥。

觀試進士呈試官

松庭散朝日，棘户啓秋風。鵠鷺紛來下，旌旗儼未攻。
馳詞看倚馬，餘送力征鴻。逸足誰先到，孤標想暗空。

次前韻

晶熒雙鏡並高下，片言公老病方眈。睡飛沉一夢中

南國號多士幾人洙泗風英材自入彀壞陣不勞攻
文縟山藏豹飛高弋慕鴻蟲妍歸品藻得失付虛空
考行先推本登賢旋奏公期君綏歸轡一醉鹿鳴中

戲呈試官

只隔牆東便是家悄悄還似在天涯客心不耐聽松
雨歸信猶堪飲菊花翦燭看書良寂寞披沙見玉忽
喧譁自慙空館難留客試問姮娥稍駐車

次前韻三首

老夫在家同出家楞伽四卷即生涯龐詩慳我心猶
壯細字憐君眼未花霜落初驚衾簟冷酒酣猶喜笑

言譁歸心知有三秋恨莫學忽忽下坂車
門前溪水似漁家流浪江湖歸未涯邂逅高人來說
法支離枯木旋開花諸生試罷書如積劇縣歸時訟
正譁安得騎鯨從李白試看牛女轉雲車
濁醪能使客忘家屈指歸期已有涯魚化昨宵驚細
雨鹿鳴它日飲寒花已諳江上肴蔬薄莫笑衙前鼓
節譁太守況兼鄉曲舊會須投轄止行車
試罷後偶作
重門閑不聞烏烏相呼樂是嘩轉簾影微風響松末
喧譁適已完妝歷方有覺人生竟何事外物巧相縛

當時不自悟已過空成作耕耘亦何苦遊宦殊自悞
棄彼既已誤就此良應錯誰能即兩忘隨緣更無作

放牓後次韻毛守見招

飽食安眠愧不材踈簾翠帟幸相陪深居正厭銀袍
亂失喜初聞鐵鎖開佳句徑蒙探古錦小槽仍報滴
新醅諸人欲見風流伯不用招呼亦自來

送毛滂齋郎

先志承顔善養親束裝騎馬試為臣酒腸大與渾無
敵詩律家傳便出人擁鼻高吟方自得折腰奔走漸
勞神歸來一笑須勤取花發陳吳二月春

燕貢士

泮水生芹藻，千旄在浚城。桑鷄同變響，苹鹿共和鳴。秋晚槐先墮，霜多桂向榮。清樽助勸駕，急管發驪聲。勇銳青衿士，淹滯白髮生。芬芳雜蘭菊，變化等鵾鯨。去日衣冠盛，歸時里巷驚。坐中詞賦客，愧爾一經明。

次韻毛君清居探菊

眼前黄蘂畏秋霜，耳畔啼蛩恐夜長。佳節欣聞近，萸菊清商試爲奏。伊凉疎狂久，咲謀生拙，貧病應憐爲口忙。今日共公判一醉，從教人道亦高陽。

次韻毛君見贈

江國騷人不耐秋夜吟清句曉相投鋒藏豈顧囊中
脫毫斷終非俎上羞擇地何年眞得意餔糟是處可
同遊南遷尚有公知我人事何須更預謀

次韻毛君偶成

年來衰病正相兼薄宦奔馳尚未厭詩句空多渾漫
與俗緣已重不須添聱牙向物知難合踈懶憐公獨
未嫌時聽淵明詠歸去猶應爲我故遲淹

孔平仲著作江州官舍小庵

近山不作看山計引水新成照水庵閉口忘言中自
飽安心度日更誰參簡編圍遶穿書蠹窗戶低回作

蟹螯我亦一軒容膝住弊裘麄飯有餘甘

送饒州周沃秀才免觧

少年工作賦中歳復窮經驥老終知道劍埋新發硎東裝鄰里助答策友朋聽還似臨淄貢隨風起北冥

雪中洞山黄檗二禪師相訪

江南氣暖冬未回北風吹雪真快哉雪中訪我二大士試問此雪從何來君不見六月赤日起氷雹又不見臘月幽谷寒花開紛然變化一彈指不妨明鏡無纖埃

毛國鎮生日二絶

生日元同小趙公里閭相接往還通怔公日夜歸心

切欲寄此生丹竈中（並謂叔平大趙參政閣道小趙參政趙公善養生故有卅灶之句）

聞公歸橐尚空虛近送楞嚴十卷書心地本無生滅

處定逢生日亦如如

次韻毛君將歸

踈傳思歸不待時孟軻出晝苦行遲新詩尚許晉章

句故事誰從問典彝金馬尚應堪避世石泉未信可

忘飢不才似我真當去零落衡茅隔雍岐

送揚騰山人

胷中萬卷書不如一囊錢不見楊夫子歲晚走道路
夜歸空床卧兩手摩涌泉窻前雪花落真火中自然
滃然發微潤飛上崑崙顛霏霏雨耳露稍稍流丹田
閉目内自視色如黄金妍至陽不獨凝當與純陰堅
一窮百不遂此事終無緣君看抱朴子共推古神仙
無錢買丹砂遺恨盈塵編歸去守茅屋道成要有年

次韻子瞻與安節夜坐三首

前山積雪暮峥嶸燕坐微聞落瓦聲共對一樽通夜
語相看萬里故鄉情信歸嶺上寒梅遠恨極江南春
草生明日青銅添白髮且須醉睡倒燈檠

少年高論苦崢嶸老學寒蟬不復聲目斷家山空記路手披禪冊漸忘情功名久已知前錯婚嫁猶須畢此生家世讀書難便廢漫留案上鐵燈檠

謫官似我無歸計落第憐渠有哀聲握手天涯同一笑倚門歲晚不勝情黃岡俯仰成陳迹白首蹉跎畏後生歸去且安南巷樂莫看歌舞醉長檠

次韻毛君上書求歸未報

白髮憂民帶減圍頻聞慷慨賦將歸近傳道士連三嚥久悟禪門第一機夜永庵中詩自得日高門外客來稀此心素定誰能勸秪有丁寧詔莫違

次韻毛君絶句

中池有士別重關夜發天光走玉環白日對人人不
識幅巾破褐任塵漫

次韻毛君晋别

問天乞得不訾身屈指人間今幾人魚縱江潭眞窟
宅鶴飛松嶺倍精神清風吹雨停歸騎舊圃留花送
晚春自號白雲知有意便從丹竈拂埃塵

送毛叧致仕還鄉

古人避世事豈問家有無但言鴻鵠性不受樊籠拘
公家昔盛時阡陌連三衢倉廩濟寒餓婚嫁營鰥孤

千金壯高義脫手曾須臾晚爲二千石得不償所逋
撫掌不復言但以文字娛我恨見公遲冉冉垂霜鬚
高吟看落筆劇飲驚倒壺負罪不自知適意忘憂虞
忽聞叩天閽言旋故山廬朋友不及謀親戚亦驚呼
人生各有意何暇問俗徒嗟我好奇節嘆公真丈夫
天高片帆遠目斷清風徂惟應東宮保迎笑相携扶

贈景福順長老二首并敘

轍幼侍先君聞嘗遊廬山過圓通見訥禪師晋連
父之元豐五年以譴居高安景福順公不遠百里
惠然來訪自言昔從訥於圓通逮與先君遊歲月

遷謝今三十六年矣二公皆吾里人訥之化去已十一年而順公年七十四神完氣定聰明了達對之悵懷想疇昔作二篇贈之

邳指江西老多言刱外人身心已無著鄉黨漫相親窠逐知何取周旋意甚真仍將大雷雨一洗百生塵

又

念昔先君子南遊四十年相看順老在想見訥師賢歲歷風輪轉禪心海月圓常情計延促無語對潸然

次贈孔平仲著作見寄四首

昔在京城南成均對茅屆清晨覣屦過不顧車擊轂

時有江南生能使多士服同儕畏鋒銳兄弟更馳逐
文成劇翻水賦罷有餘燭連收領底髭未耗髀中肉
飛騰田中路黽勉啄場粟歸來九江上家有十畝竹
一官粗包裹萬卷中自足還如白司馬日聽杜鵑哭
我來萬里外命與江波觸罪重懃故人囊空仰微禄
已爲逵士笑尚謂愚者福米鹽日草草奔走長碌碌
尺書慰貧病佳句爛珪玉多難畏人知明爲强題目
徂年慕桑梓歸念寄鴻鵠但願洗餘愆躬耕江一曲

又

共居天地中大類一間屋惟排出高下何異車轉轂

死生本晝夜禍福固倚伏誰令塵垢昏浪與紛華逐
譬如薪中火外照不自燭感君探至道勸我戒粱肉
虛心有遺味實腹不須粟芬敷謝桃杏清勁比松竹
息微知氣定睡少驗神足胡爲嗜一飽坐使百神哭
要知丹砂異不受腥腐觸可林山憐姿日縛十升祿
君看出世士肯胥世間福寧從市井游與衆同碌碌
不願束冠帶腰金佩鳴玉斯人今何在未易識凡目
恐在廬山中飛翔逐黃鵠試用物色尋應歆紫芝曲

又

百病侵形骸漸老同破屋中有一寸空能用輻與轂

忽如冊砂走不受凡火伏前瞻意不遠後躡愈難逐
將炊甑中飯未悟窗下燭聰明役聲形口腹嗜魚肉
塵泥翳泉井荆棘敗禾粟未知按妙指漫欲理絲竹
廬山多名緇過客禮白足趁觀等存亡世俗強歌哭
確然金石心不畏蚊蚋觸順忍爲裳衣供施謝榮祿
眞人我自有渡海笑徐福衆皆指庸庸自傾非碌碌
愧君詩意厚桃李報瓊玉舉網羅衆禽有獲非一日
喧啾定無用要自取黄鵠君看大方家慎勿留一曲

又

治生非所長兒女驚滿屋作官又迂踈不望載朱轂

因縁罣罫咎未許即潛伏空餘讀書病日與古人遂
老妻憐悵昏入夜拜燈燭上官念貧窶時節饋餳肉
衰年類蒲柳世事劇麻粟數日望歸田寄語先栽竹
文章亦細事勤苦定何足君詩四相攻欲看守陴哭
愧無即墨功不解火牛觸自非太學生彫琢事干祿
安心已近道閉口豈非福胡爲調狂詞玉石相落祿
腹中抱丹砂舌下漱白玉作詩雖云好未免亂心目
弃秋教二人不取志鴻鵠摩詰非不言遺韻寄終曲

陰晴不定簡唐覲秘校幷敖吳二君五首

積雨春連夏新晴忽復陰江痕漲猶在梅氣潤相侵

焦衍還須脱圖書漸不禁江南舊風俗愁絶北來心

又

蠶眠初上簇麥熟正磨鐮雲氣重重合江流夜夜添
荐飢人甚困多病我仍無欲就橋南宿單衣莫雨霑

又

漲江方斷渡小棹信輕生貧賤誰憐汝漂浮空自驚
一官終竊食何計早歸耕忽發騷人恨淒涼久未平

又

西隣豫章客病骨瘦欒欒清夜眠孤枕終朝飽一簞
雨多愁不出講罷未應餐約我晴相過門前泥欲乾

二子新中髮相攜泮上游虀鹽聊度日文彩久忘憂
放宦冀君何病驅馳我自羞何時來共處求日看鼻頭

欒城集卷第十一

欒城集卷第十二

詩八十九首

雨後遊大愚

風光四月尚春餘，淫雨初乾積潦除。古寺蕭條仍負郭，閑官踈散亦肩輿。摘茶戶外烝黄葉，掘笋林中間綠蔬。一飽人生真易足，試營茅屋傍僧居。

送高安羅令審禮

一邑憂勞水旱中，牛刀閑暇似無功。政成仍喜新蠶熟，歸去還將舊槖空。清白久聞誇父老，沉埋誰爲愬諸公。謫居長恨交游少，悵望肩輿又欲東。

送唐覲

溪上幽居少四隣，西家幸有著書人。經年食菜誰憐瘦，終日題詩自不貧。身在江潮釣竿地，心馳蘭會戰車塵。此行便有飛騰處，笑殺年來老病身。唐君嘗欲爲陝西官，慨然有功名之志

次韻唐覲送姜應明謁新昌杜簿

夫子雖窮氣浩然，輕簑短笠傲江天。薄遊到處唯耽酒，歸去無心苦問田。泮上講官殊不俗，山中老簿亦疑仙。相從未足還辭去，欲向曹溪更問禪。姜如晦方作嶺之行

新種芭蕉

芭蕉移種未多時濯濯芳莖已數圍畢竟空心何所

有歉傾大葉不勝肥蕭騷莫雨鳴山樂狼籍秋霜脫

弊衣堂上幽人觀幻久逢人指示此身非

次韻姜應明黃檗山中見寄

垂老閑㕛味更深此身隨世任浮沉北窻未厭曲肱

卧西洛能傳擁鼻吟疋馬徬徨猶寄食弊裘安樂信

無心我今漂泪還相似同愧高僧支道林

次韻黃大臨秀才見寄

故人聚散霜前葉往事聊茫風際煙遊宦一生非有

已隱居萬事不由天崎嶇檻穽力謀食嘯傲山林背

計年賴已將心問盧老相逢它月笑風顛

次韻李朝散遊洞山二首

古寺依山占幾峯精廬髣髴類天宫三年欲到官爲礙百里相望意自通無事佛僧何處著入羣鳥獸不妨同眼前簿領何時脱一笑相看丈室中

又

僧老經時不出山法堂延客未曾關心開寶月嬋娟處身寄浮雲出没閒休夏巾缾誰與共迎秋水石不勝閑近來寄我金剛頌欲揞胷中無所還

簡學中諸生

泮水秋生藻荇凉莫窻燈火亂螢光圖書粗足惟湏讀菽粟才供且自強羽籥暗催新節物弦歌不廢近詩章腐儒最喜南遷後仍見西雝白鷺行

以密酒送栁眞公

牀頭釀酒一年餘氣味全非卓氏壚送與幽人試嘗看不應知是百花鬚

次韻栁見答

桂酒無人寄豫章江西官蘖惟豫章最生羈愁牢落遣誰烹翦厓蜜真牽強慙愧山蜂乂蓄藏江上鱠鱸橙正熟山頭吹帽菊初香漂流異日俱陳迹笑說過從想未

忘

披仙亭晚飲

落日欲沒多雲煙南山暝鴉歸北山樓臺城上半明
滅燈火橋頭初往還江西八月熱猶在坐中遷客頭
欲班何時解綱聽歸去黃花白酒疎籬間

余居高安三年每晨入莫出輒過聖壽訪聰
長老謁方子明浴頭笑語移刻而歸歲月旣
久作一詩記之

朝來賣酒江南市日莫歸爲江北人禪老未嫌參請
數漁舟空悭往來頻每慙菜飯分齋鉢時乞香泉洗

病身世味漸消婚嫁了幅巾緇褐許相親

次韻子瞻感舊見寄

少年耽世味徘徊不能去老來悟前非尚愧昔遊處
君才最高峙鶴行鷄羣中我雖非君對顧以兄弟同
結髪皆讀書明月入我牖縱横萬餘卷臨紙但揮手
學成竟無用掩卷空自疑却尋故山友重赴幽居期
秋風送餘熱冉冉如人老衣裘當及時田廬亦須早
種竹竹生筍種稻稻亦成浩歌歸來曲曲終有遺聲

次韻和人豐歲

風雨迎寒欲勞農今年真不負元豐蓋藏共荷官無

擾眠食安知帝有功草笠黃冠將蜡祀羔羊朋酒亦
酣風請君早具躋堂飫退食委蛇正自公

同孔常父作張夫人詩

女子勿言弱男兒何必強君看張夫人身舉十五喪
頭上脫笄珥襚中斥襦裳築墳連丘山松栢鬱蒼蒼
親戚不爲助潸泣感道傍昔有王氏老身爲尚書郎
親死棄不葬簪裾日翺翔白骨委廬陵宦遊在岐陽
一旦有丈夫軒軒類佯狂相面識心腹開口言災祥
嗟汝平生事不了令誰當汝身暖綈綿汝口甘稻粱
衣食未嘗廢此事乃可忘一言中肝心投身拜其牀

傍人漫不知相視空茫茫毖言汝不悛物理久必償兒女病手足相隨就淪亡鄙夫本愚悍過耳風吹牆明年及前期長子憂骭瘍一麾守巴峽雙柩還故鄉弱息雖僅存蹣跚亦非良誰言天地寬網目固自張古事遠不信近事世所詳企張非求福禍敗當懲王

加祐末年李士寧言王君事於右扶風其拫甚速張夫人南鄙人孔推官常甫作詩詒其賢遂余同作并言李生事或足以警世云

次煙字韻答黄庭堅

病卧江干鬢帶雪老撿書卷眼生煙貧如陶令仍耽酒窮似湘纍不問天令弟近應憐廢學大兄昔許叩

延年比聞蔬茹隨僧供相見能容醉後顛曾直兄旧於齊州以養生見教

東軒長老二絕并叙

始余於官舍營東軒彭城曹君煥子文自浮光訪余於高安道過黃岡家兄子瞻以詩送之曰君到高安幾日廻一時抖擻舊塵埃贈君一籠牢收取盛取東軒長老來君過廬山見圓通知慎禪師出詩示之師嘗與余通書見之欣然明日謂君昨見黃州詩通夕不寐以一偈繼之曰東軒長老未相逢却見黃州一信通何用揚眉資目擊須知千里

事同風吾野人不能數爲書君爲我誦之而已君既至未暇及此客有自廬山至者曰慎師送客出門還入丈室燕坐而寂君乃具道其事余感之作二絶其一以答子瞻其二以答慎也

東軒正似虚空樣何處人家籠鮮盛縱使盛來無著處雪堂自有老師兄子瞻新築東坡雪堂

檐頭挑得黄州籠行過圓通一笑開却到山前人已寂亦無一物可擔廻

題方子明道人東窓

紙窓雲葉净香篆細煙青客到催茶磨泉聲響石缾

禪關敲每應肝訣問無經贈我刀圭藥年來髮變星

次前韻

閑門何所事毛髮日青青齒折登山屐塵生貫酒缾調心開貝葉救病讀難經定起無人見寒燈一點星

迎寄王適

投竄千山恨不深扁舟夏涉氣如烝重來疋馬君何事歸去飛鴻我未能養氣經年惟脫粟讀書終夜有寒燈安心且作衰慵伴海底鯤魚會化鵬

王度支陶挽詞二首

風蹟殊不昧聲名豈偶然長途催騄驥爽氣激鷹鸇

意苡成遺恨松楸卜遠年淒凉故吏盡誰泣鬣封前

又

京塵昔傾蓋江國見佳城零落舊冠劒艱難孝弟兄
存亡看世俗意氣憶平生曉鐸知人恨幽音亦未平

次韻陳師仲主簿見寄

朽株難刻畫枯葉任凋零舊友頻相問村酤獨未醒
山牙收細茗江實得流萍頗似申屠子都忘足被刑

寄題江漁長官南園茅齋

白髮辛勤困小邦塵勞坐使將心降河陽罷後成南
圃彭澤歸來卧北窗畦畔草生親荷鍤床頭酒熟自

傾缸因君遣我添歸興舊有茅柴濯錦江

詠霜二首

江南雪不到霜露滿山村紙被欺氊厚茅簷笑瓦溫何曾凝去淥有意隔朝暾底日身無事高眠不出門

又

清霜欺客病乘夜逼窗扉坐睡依爐煖細聲聞葉飛蕉稀空滿蔆砧杵旋催衣起看庭前草松筠未覺非

次韻吳厚秀見寄

壯心摧折漸無餘早歲爲文老不如登木求魚知我拙循窠覓兎笑君踈清樽獨酌夜方半白髮潛生歲

欲除久恐交親還往絶床頭猶喜數行書

乾荔支

含露迎風惜不嘗故將赤日損容光紅消白瘦香猶在想見當年十八娘

次韻王適元日并示曹煥二首

井底屠酥浸舊方床頭冬釀壓瓊漿舊來喜與門前客終日同爲酒後狂老大心情今已盡塵埃鬢髮亦無光江南留滯歸何日萬里逢春思故鄉

又

故逐三年未遣回復驚爆竹起春雷祈年粗有樽中

桂寄遠仍持嶺上梅莫笑牛貍抵羊酪漫將崖蜜代
官醅二君未肯嫌貧病猶得衰顔一笑開

寄梅仙觀楊智遠道士

道師近在眞人峯欲往見之路無從去年許我入城
市塵埃暗天待不至莫往莫來勞我心道書寄我千
黄金璽衣肉食思慮短文字滿前看不見口傳指授
要有時脫去羅網當見之梅翁漢朝南昌尉手摩龍
鱗言世事一朝拂衣去不還身騎白驎翳紅鸞我今
雖復墮塵土道師何不與我語它年策足投名山相
逢拍手一破顔

春雪

温風吹破臘留雪，惱新春信逐殘梅。到花從半夜勺旋消，微覆尾狂下亦欺人。壓竹時聞落埋萱，又未伸山川，濛不辯樓觀。洗成新擁褐，僧方睡開門，客屢嚬礬煙。知歲稔覆迹，笑吾貧畦凍。初生韭泥融，正賣薪寒魚。爭就汕濁酒，頗無巡預喜。田宜麥欒湌餅餌頻。

贈石臺問長老二絶并叙

石臺長老問公，本成都吳氏子。棄俗出家，手書法華經，字細如黑蟻，前後若一。將誦之萬遍，雖老而精進不倦，脅不至席者二十有三年。余來高安，以

鄉人相好蓋余懶而好睡見之惕然自警因贈之二小詩云

法達曾經見老盧半生勤苦一朝虛心通口誦方無礙咲把吴鸞細字書蜀中藏經往往有古仙人吴采鸞細書經卷精妙可愛

蒲團布衲一繩床心地虛明睡自亡長伴空中月天子東方行道到西方

和毛國鎮白雲莊五詠

擲泉軒

卜築高深已有山起居清潤可無泉穿牆白練秋聲細照屋清銅曉色鮮已放魚鰕嫌跳擲更除蘋藻任

漪漣只應明月中宵下長共禪心相向圓

平溪堂

清溪似與隱君謀故入堂前漫不收盥手從今休漱井浮觴取意便臨流花漂澗谷來應遠石激琴箏久未休莫把朱欄強圍遶山家事事要清幽

眺遠臺

山似高人長遠人不登高處見無因築臺土石無多子照眼峯巒得許新陣馬奔騰時絶遠風濤舒卷忽無垠白雲自是逃名處猶恐此中藏隱淪

濯纓庵

臨池濯足惜泉清纓上無塵且強名橫木爲橋便獨往結茅依島類天成往還漸少人誰識寢食無爲身轉輕有似三吳朱處士釣魚誰與話西征

白雲莊偶題

歸去攜家住白雲雲中依鶴許同羣陶公酒後詩偏好陸傳金餘客屢醺芒屩潛行逐瀨釣壺漿時出勞耕耘却看人世應微笑未熟黃粱晝夢紛

次韻王適落日江上二首

寒煙羃清江漁唱扁舟上江轉少人家自此知安往維舟倚蓑薄明月獨相向欲曉醉應醒還逐輕鷗颺

文

稍息南市喧初上東山月潛魚忽驚躍飢鴈時斷絕
落葉誤投籤槃霜凝積雪苦寒良難久愛此元氣潔

張秀才見寫陋容

潦倒形骸山上樗每經風雨軏凋踈勞君爲寫支離
狀異日長看老病初落筆縱横中自喜賦形深穩妙
無餘偶然掛壁低頭笑俱列何妨彼亦如

同王適曹煥遊清居院步還所居

身爲江城吏心似野田叟尋僧忽忘歸飽食莫攜手
異人久成性路遶古城後茅茨遠相望鷄犬亦時有

人還市井罷日落猴兎走迴風吹橫煙燒火卷林藪
草深徑漸惡荆棘時掛肘褰裳涉沮洳斜絶汙池口
投荒分岑寂歊側吾自取二君獨何爲經歲坐相守
遊從乏車騎飲食厭菘韭周旋未忍棄辛苦亦何負
歸來倚南窻試挹樽中酒笑問黃泥行此味還同否
子瞻謫居齊安自臨皐亭遊東坡路過黃泥坂作黃泥坂詞二君皆新自齊安來故云

次韻王適春雨

久遭客禁往還稀風雨蕭條只自知春色有情猶入
眼客愁無賴巧侵眉山僧寄語收茶日野老留人供
社時久作不須嫌寂寞此間偏與拙相宜

和子瞻蜜酒歌

蜂王舉家千萬口黃蠟爲糧蜜爲酒口銜澗水拾花
鬚沮洳蒲房何不有山中醉飽誰得知割脾分蜜曾
無遺調和知與酒同法試投麯糵真相宜城中禁酒
如禁盗三百青銅愁杜老先生年來無俸錢一斗徑
須囊一倒餔糟不聽漁父言煉蜜深愧仙人傳掉頭
不問辟穀藥忍飢不如長醉眠

次韻講律李司理憲見贈

強將羔鴈聘黃晞破褐踈巾倚夕暉禮律縱横開卷
盡虀鹽冷落待賢非日高几案弦歌罷夜永窓扉燈

火微猶喜江邊莫春近舞雩風雨得同歸

次韻王適遊陳氏園

宿雨晴來春已晚衆花飄盡野猶香舞雩便可同沂上飲禊何妨似洛陽新圃近聞穿沼闊漲江初喜放舟長年來簿領縈人甚何計相隨入醉鄉

答孔平仲二偈

熟睡將經作枕頭君家事業太悠悠要須睡著元非睡未可昏昏便爾休

龜毛兎角號空虚既被無收豈是無自有眞無徧諸有燈光何礙也嫌渠

次韻柳真公閑居春日

春寒漸欲減衣綿雨勢冥冥水拍天一句無言消日永新詩得意許人傳惜花田地應慵掃護筍藩籬可細編好事報君知我喜同官欲到得閑眠

次韻王適東軒即事三首

新竹依墻未出尋墻東桃李却成林池塘草長初饒夢村落鶯啼恰稱心江滿船頭朝欲轉泥融屐齒莫尤深閑門憐子成書癖試買村醪相伴斟

眼看東隣五畝花茅簷竹戸野人家過墻每欲隨飛蝶歸舍誰憐已莫鴉幽客偶來成晚飯野僧何日寄[illegible]

新茗三年氣味長如此歸計遲遲也自嘉
北園春草徑微微未用頻教翦棘荻蜂陣紛紛初養
蠶鸎巢淺淺欲生兒客情流水燕山遠歸夢遊絲向
日遲懶病相將渾欲慣賴君索我強裁詩

送李憲司理還新喻

采芹芹已老浴沂沂尚寒荊緱長嘆息苜蓿正闌干
黃卷忘憂易青衫行路難歸耕未有計且復調閒官

問黃檗長老疾

四大俱非五蘊空身心河岳盡消鎔病根何處容他
住日夜還將藥石攻

復次煙字韻答黃大臨庭堅見寄二首

水竹遮藏自一川，日高茅屋始炊煙。犬平舂米新秋後，麥粒烝茶欲社天。冠蓋只今成棄物，衫松它日記我年。定雁笑我勞生在，卯睡聞呼衣爲顛。

十載懷思寤寐間，新詩能度北雲煙。清風吹我無千里，明月隨人共一天。歸去林泉應避暑，北征道路恐經年。與君共愧知時鶴，養子先依黑栢顛。

次韻子瞻臨臯新葺南堂五絶

江聲六月撼長堤，雪嶺千重過屋西。一葉軒昂方斷渡，南堂蕭散夢寒溪。

旅食三年已是家堂成非陋亦非華何方道士知人
意授與爐中一粒砂
北牖清風正滿床東坡野菜漫充腸華池自有醍醐
味丈室仍聞薝蔔香
隣人漸熟容賒酒故客親留為種蔬住穩不論歸有
日船通何患出無車
客去知公醉欲眠酒醒寒月墮江煙床頭復有三升
蜜貧困相資恐是天
次韻王適大水
萬安昔到歲方閑大水初去城如墟危譙墮地瓦破

裂長橋斷纜船逃逋漂浮隙穴亂羣蟻奔走沙礫摧
嘉蔬里閭破散兵火後飲食弊陋魚鰕餘投荒豈復
有便地遇災祇復傷羸軀人言西有蛟蜃穴閏年每
與風雷俱漫溝溢壑恣游蕩傾崖拔木曾須臾雞豚
浪走不復保老稚裸泣空長吁滯留再與玆水會淪
胥未哂斯民愚人生所遇偶然耳得失何用分錙銖

贈三司能師二絕

得失從來似偶然因師聊復問行年此生竟墮陰陽
數方信修行力未全
旋食江干秋復春歸耕未遂不勝貧憑師細考何年

月可買山田養病身

臨川陳憲大夫挽詞二首

一時冠蓋盛臨川直亮推公益友先淡泊朱絲初少味蕭疎羣竹久彌鮮崎嶇處世曾何病奔走成功亦偶然天理踈更終不失雍雍今見子孫賢

五月扁舟憶過門哀憐逐客爲招寃開樽不惜清泉潔揮汗相看白兩鬚病起清言驚苦瘦歸休尺牘尚相存秋風灑涕松楸外談笑猶疑對竹軒　公家有竹軒轍營賦詩

次龍知郡貫蕃大夫思歸

江城漂泊最多時邂逅誰令長者期得坎浮槎應有
命投林驚鵲且安枝何年笑語還留客終日勤勞數
問兒鈴閤淸虛非此比秋風歸興恐非宜

又不作詩呈王適

憐君多病仍經暑笑我微官長坐曹落日東軒談不
足秋風北棹意空勞懶將詞賦占鶡臆頻夢江湖把
蟹螯筆硯生塵空度日他年何用繼離騷

喜王鞏承事北歸

同罪南遷鶩最遠乘流北下喜先歸嚚言一笑秋風
後却顧千山驛路非嶺外雲煙隨夢遠江邊魚蟹爲

人肥還家嫁女都無事臥讀詩書畫掩扉

予初到錡卽於酒務庭中種竹四藂杉二本及今三年二物皆茂秋八月洗竹培杉偶賦短篇呈同官

種竹成藂杉出簷三年慰我病厭厭翦除亂葉風初好封植孤根筍自添高節不知塵二辱堅姿試待雪霜霑屬君晋取障斜日仍記當年此滯淹

和王鞏見寄三首

南還春及秋江湖未云半遠此歸路長始悟行日遠幽憂脫沉痼清夢驚娩娩行行逢故人笑語雜悲泫

又

江秋北風多歸帆未應駛天寒雁南向家書空滿紙契闊幸安平婚嫁須纓珥交遊何爲者空復念君至

又

折葉每安心連環非所計感君扁舟返念我一廛縻懷思樂全老疇昔忘言契丹砂儻已成白首願終惠

復次韻

滕王閣在誰攜手徐孺湖寬可放情楚客解書南國恨秦筝助發上林鷺繫匏獨負杯中物擁鼻知逢洛下生問得長鬚添夢想蓬窗燈火達天明近遣僕至鍾陵不詣

定國與橫君魯直会於
舟中燈火終夜而去

孔毅父封君挽詞二首

交契良人厚家封季婦賢詩書中有助蘋藻歲無愆
象服期它日恩封屬此年神傷自不覺弔客問潸然

又

別日笑言重歸來藥餌憂鐘歌掩不試其葉亂誰收
恨極囊封在情多壠水稠埋文應自作一一記徽猷

上高息軒起亭二絶

山下清谿谿上市谿光山色映人煙幽亭正在人聲
裏長與谿山共寂然

溪父起收罾下鯉山翁起賣焙中茶長官亦與入俱起笑摧黄紬放早衙

九月十一日書事

東墻瘦菊早開花九日金鈿已自嘉黍麥候遲初響甕米鹽法細未還家潑醅昨夜驚泉涌洗盞今晨聽婦誇歸採茱萸重一醉不須怪問日時差

和王適寒夜讀書

久從市井役百事廢不理感君讀書篇惜此寒夜晷殷勤附燈燭黽勉就圖史逡巡揖虞夏汗漫馳劉李斯文家舊物早歲夙從事一從纂𤅢腥中棄如弊屣

今夕亦何夕忽如舊遊至終篇再三歎推枕不成寐
人生無百年所欲知有幾懸知未必得奔走若趨市
微言寄翰墨開卷入心耳胡爲棄不收所逐在難覬

和王適新葺小室

向日堂東一室存竹爲窓壁席爲門心如白月光長
照氣結丹砂體自温飯軟莫嫌紅米賤酒香故取潑
醅渾它年一笑同誰説伴我三年江上村

病中賈大夫相訪因遊中宫僧舍二首

江城寒氣入肌膚得告歸來強自扶五馬獨能尋杜
老一床深愧致文殊體虚正覺身如幻談劇能令病

自無明日出門還擾擾年來真畏酒家壚
東隣脩竹對僧家亂榔枯桑一徑斜逐客慣曾迂短
策使君何事駐高牙蕭條已似連村塢避近應容設
晚茶慙愧痾夫無氣力隔墻空聽吏兵譁

和王適炙背讀書

少年讀書處寒夜令無火老來百事慵炙背但空坐
眼昏愁細書把卷惟恐卧寒衣補故褐家釀熟新糯
微微燈影斜睃睃雲陰過翛然偶成寐鼻息已無奈

同王適賦雪

兒童更笑呼書册正前墮衰懶今自由不復問冬課

北風吹雨雨不斷遮滿虛空作飛霞紙窗獨卧不成
眠茅屋無聲時一泫烏鳥錯莫寒未起庭户空明夜
驚旦重樓複閣爛生光絕澗連山漫不見夾砌雙杉
洗更碧滿田百草埋應爛城中閉户無履迹市上孤
煙數晨爨細排玉箸短垂簷暗結輕冰時入研撥灰
有客顧樽俎迹兎何人試鷹大未容行役掃車轂應
有老農歌麥飯一來江城若俄項四見白花飛面旋
坐看酒甕誰敢嘗歸蹈氷泥屢成濺年來橋板斷不
屬莫出肩輿足憂患到家昏黑空自咲想婦勤勞每
長歎狀頭有酒未用沽囊裹無錢不勞算更令雪片

大如手終勝溪瘴長熏眼謁告猶能不出門典衣共
子成高讌

欒城集卷第十二

欒城集第卷十三

詩八十六首

除夜

老去不自覺歲除空一驚深知無復喪久已罷經營黄卷譏前失淸樽借後生何年遂疎懶伏臘任躬耕

種蘭

蘭生幽谷無人識客種東軒遺我香知有淸芬能解穢更憐細葉巧凌霜根便密石秋芳早叢倚脩筠午蔭凉欲遣蘼蕪共堂下眼前長見楚詞章

上元夜

新春收積雨明月濟微雲照水疎燈出冈風遂樂聞
天涯仍有節人事竟何分賣酒眞㪺東何時一醉醺

次韻王適元夜二首

燈光欲凝不驚風月色初晴若發蒙羈客不眠詩未
就遊人半醉夜方中荒城熠燿相明滅野水芙蕖亂
白紅知欲訪僧同寂寂應憐病懶畏爐匕
宿雨初乾試火城端居無計半遊行厭看門外繁星
動想見僧窻一點明老罷逢春無樂事夢回孤枕有
鄉情且因佳句思樊口一紙家書百鎰輕

王子立與遲等遊陳家園橋敗幾不成行聽

酒務往見之明日雨作偶爾成詠

桃李城東近不遥偶聞花發喜相邀斷橋似欲妨佳
思好雨猶能借此朝隨分開樽依緑草偶然信馬及
餘瓢甌重來莫道無消服紫燕黄鸝日漸嬌

幽蘭花二絶

李徑桃蹊次第開穠香百和襲人來春風欲擅秋風
巧催出幽蘭繼落梅
珍重幽蘭開一枝清香耿耿聽猶疑定應欲較香高
下故取羣芳競發時

湖長史祠堂

白首青衫仍隱居晚撫環堵就安輿生芻忽改蒸嘗
地函丈空悲講解餘弟子璵璠相照耀兒孫松桂共
扶疎我來恨不瞻遺老空怪鄉鄰盡讀書

孫賓叟道人

萬里飄然不繫舟酒壚一笑便相投千金不換金丹
訣何事惟須一布裘

新橋

六月長橋斷不收朱欄仍喜映春流虹腰宛轉三百
尺鯨背參差十五舟入市樵蘇看絡繹歸家鹽酪免
遲留病夫收與民同喜卯酉怱怱無復憂

曾子宣郡太挽詞二首

族大徽音遠年高福祚多生兒盡龍虎封國裂山河
象服驚初换理文信不磨送車江郭滿咽絶聽哀歌

又

安輿遍西北丹旐歷江湖存没終無憾哀榮兩得俱
新封崇馬鬣餘福薦浮圖家法蘋蘩在空堂始一虞

曾子固舍人挽詞

少年漂泊馬光禄末路騫騰朱會稽儒術遠追齊稷
下文詞近比漢京西平生碑版無容繼此日銘詩誰
爲題試數廬陵門下士十年零落曉星低

次韻王適一百五日太平寺看花二絶

遍入僧房花照眼細尋芳徑蝶隨行歸時不怕江波
晚新有橋虹水上横

小檻明窓曾不住閑花芳草遣誰栽但須匹馬尋幽
勝攜取清樽到處開

又次韻遊小雲居

溪上浮花片片輕泝流登岸得山行僧房幽絶雲居
小春日陰晴對色明未遠林棲眞有道溺沮耕養亦
忘情此身此意何年遂空使常談咲老生

次韻秦觀梅花

病夫毛骨日凋槁愁見米鹽惟醉倒忽傳騷客賦寒梅感物傷衿同惋惱江邊不識朔風勁墻頭亦有南枝早未開素質夜先明半落清香春更好鄰家小婦學閑媚靚粧惟有長眉掃孤芳已與飛霰競結子仍先百花老苦遭横笛亂飛英不見遊人醉芳草可憐物性空自知羞作繁華助芭昊

復次前韻答潛師

隣君占木衣巖槁江西飲盡須彌倒野花幽草亦何爲幟龍尚篇空自惱萬點浮溪輒長歎一枝過嶺仍誇早拾香不恐遊塵汙嚼蘂更憐真味好道人遇物

心有得兎竹相敲縁白掃誰知真妄了不妨令我至
今思璉老妙明精覺昔未識但向閑窗看詩草浮雲
時起鳥四飛畢竟安能亂清昊

景福順老夜坐道古人搐鼻語

中年聞道覺前非邂逅仍逢老順師搐鼻徑參真面
目掉頭不受别鉗槌枯藤破衲公何事白酒青鹽我
是誰慚愧東軒殘月上一盃羊露滑如飴

畫枕屏

綱床竹簟面屛風野水遥山霧雨濛長有灘頭釣魚
叟伴人閑卧寂寥中

次韻王謫晋州

遠謫勞君兩度行復將文字試平衡千時豈爲十升祿聞道應忘寵辱驚未了新書誰與讀重晋佳句不勝情決科事業知君喜俗學消磨意自清

次韻子瞻詩來高安相别先寄遲适遠却寄邁迨過遯

老兄崎嶇日百里據鞍作詩若翻水忽吟春草思惠連因之亦夢參丁子筆兒盡長堪一笑老馬卧餐何日起聞兄盡室皆舊人見而未曾惟遯耳遲年最長二十六已能幹父窮愁裏豫兒捌骨稍剛勁黨子豈

純無愠喜我兄憔悴我亦窮門户父長真待爾但令
戢戢見頭角甑倒囊空定何耻家藏萬卷須盡讀此
外一簪無所恃船中未用廢詩書閉窓莫看江山美

次韻子瞻端午日與遲适遠三子出遊

人生逾四十朝日已過午一遠少壯樂日迫老病苦
丹心變爲灰白髮粲可數惟當理鉏耰教子藝稷黍
誰令觸網羅展轉任荆楚平生手足親但作十日語
朝游隨拱攜夜卧困烝煑未歌唐棣詩已治芻靈祖
亡生際風雲富貴若騎虎奈何貧賤中所欲空齟齬

次韻子瞻留別三首

公來十日坐東軒，手自披雲出朝日。山川滿目竟何有，波浪欝天同一濕。諸門迭出驚異狀，間道懷歸終舊壁。此行千里隔江河，何人更問維摩疾。

野人性似修行僧，長願幽居近林麓。南遷無計脫簪組，西歸誰爲栽松竹。頭上白雲即飛蓋，耳畔清泉當鳴玉。洛川猶是冠蓋林，更願高飛逐黃鵠。

東西南北無住身，蝎末封胡四男子。彫鏤不遣治章句，爛漫先令飽文字。踈慵嗟我厲之人，生子夜中唯恐似。傳家粗足不願餘，同駕柴車還我里。

次韻子瞻行至奉新見寄

四年候公書長視飛鴻背十日晋公談欲作白蓮會蘄州無可語者往還惟一二僧耳匏瓜一遭縶賣酒長不在夜歸步江濱明月照清瀨心開忽自得語異竟非背皆僧一樽談笑川萬事寂寥外欲同千里行奈此一官礙何年眞耦耕舉世無此大

贈醫僧鑒清二絶

肘後醫方老更精鬢眉白盡氣彌清只應救病能無病覺是平生學養生

叩人又作開堂老庭稽首成合抱圍它日浴堂歸洗廿回頭還解放光輝

贈醫僧善正

老怯江邊瘴癘鄉城東時喜到公房歷言五藏如經眼欲去三彭自有方身厭遠遊安靖默術因多病更深長時特爲我談尊宿曾入南公古道場

食菱

野沼漲清泉烏菱不直錢蠻肥鼇正滿石破髓初堅節物秋風早樽罍夜月偏令人思淮上小舫藕如椽

晋滯高安四年有餘忽得信聞當除官真揚間偶成小詩書于屋壁

數間茅屋久蹉跎四見秋風入薜蘿北棹偶然追鴈

羽南公誰復件漁簑三年賈傳驚吾老九歲劉郎愧
爾多此去仍家江海上不妨一葉弄清波
洪休上人少年讀書以多病出家居泐潭爲
馬祖脩塔以三絶句來謁答一首
早除即將少年狂祖塔結緣歸故鄉習氣未消餘業
在逢人依舊琢詩章
勉子贍失幹子二首
人生本無有衆幻妄聚耳手足非吾親何兄妻與子
偶來似可樂強作室家喜忽去未勉悲欣戚要矜毀
君家兩歲兒非竟何自始變化遠初心蕩泊劇瓶水

出遊誠偶爾相從亦不期西軒吳越僧施擔未多時
五年壺觴酒勝事不復知城東古道場蕭瑟夾松篁

西湖攜遊將行賦詩送之

偶遊大愚見餘杭明雅照師舊識子瞻能言
不經大火燒孰爲直黄金棄置父子恩長往擁檀林
朝鐘暮鼓交莫與寵辱爭臨四物皆不勝生死獨未嘗
誠知均非我胡爲有不能一從三界遊以被百物侵
破龐不復顧彼無愛離心華璧召貴赤子始驗愛子深

又

吾儕近始悟造物聊復試道力詭未完聰明信難恃

言住西湖中巖谷洒清漪却背閭井喧曲盡水石奇
昔年蘇夫子杖屨無不之三百六十寺處處題清詩
麋鹿盡相識况乃比丘師辯争二老人精明吐琉璃
笑言每忘去蒲褐相依隨門人几杖立往往聞談詞
風雲一解散變化何不爲辯入三昧火卯塔長松欹
净老不復出塵尾清風施蘇公得罪去布衣拂霜髭
空存壁間字鬱屈蟠蛟螭知我即兄弟微官此棲遲
問何乂自苦五斗寧免飢俯首笑不答且爾聊敖嬉
我兄次公往我復長康癡反復自爲計定知山中宜
但欲畢昏娶每爲故人疑君歸漫洒掃野鶴非長羈

將移績溪令

坐看酒壚今五年恩移巖邑稍西還它年貧富隨天與何日身心聽我閑山栗似奉應自飽蜂糖如土不須慳仰卿意向桐鄉好身後烝嘗亦此間

約洞山文老夜話

山中十月定多寒纔過開爐便出山堂衆久參緣自熟郡人迎請怪忙還問公勝法須時見要我清談有夜閑今夕客房應不睡欲隨明月到林間

將之績溪夢中賦泊舟野步

扁舟逢野岸試出步崇岡山轉得幽谷人家餘夕陽

被畦多綠茹堆屋剩黃粱深羨安居樂誰令志四方

謝洞山石臺遠來訪別

竄遂深山無友朋往還但有兩三僧共遊瀚瀣無邊處扶出須彌最上層未盡俗緣終引去稍暗真際自虛澄坐令顛老時奔走竊比韓公愧未能

贈方子明道人

水銀成銀利十倍丹砂爲金世無對此人靳術不肯傳鬬戶泥墻畏天戒令子何爲與我言人生貧富寧非大鉺鎚槖籥任心力韲鹽布褐隨因緣我來江西晚聞道一言契我心所好廓然正若大虛空平生伎

倆都除掃子言舊事淨慈師未斷有爲非淨慈此術
要將救飢耳人人有命何憂飢

回寄聖壽聰老

五年依止白蓮社百度追尋丈室遊睡待磨茶長展
轉病蒙煎藥久遲晉贊公夜宿詩仍作毘老堂成記
許求回首萬緣俱一夢故應此物未沉浮

乘小舟出筠江二首

短舫漂浮真似葉小蓬低淺僅如巢幽吟但覺山川
走因睡不知風雨交紅飯白醪供醉飽青蓑黃蒻可
纏包一竿鶴髮它年事萬斛龍驤任見嘲

宦遊欲學林間鵲每到新年旋疊巢蓬蒻龍船聊似屋漁樵把筆便成交不妨袖裏攜詩卷尚可床頭置藥包古史欲成身愈困客來未免答譏嘲

寄題孔氏顏樂亭

顏巷久已空顏井固不遷荆榛翳蔓草中有百尺泉誰復飲此水墨飯耕廢田有賢孔氏孫芟夷發清源廢床見綆刻古甃昏苔痕引瓶注瓢樽千歲忽復然嗟哉古君子至此良獨難口腹不擇味四體不擇安遇物一皆可孰爲我憂患阮生未忘酒嵇生未忘鍛欲忘富貴樂託物僅自完無託中自得嗟哉彼誠賢

徐孺亭

徐君鬱鬱澗底松，陳君落落堂上棟。澗深松茂不遭伐，堂毁棟折傷其躬。二人出處勢不合，譬如日月行西東。朝爲賓主兩相好，一榻挂壁吹清風。人生偶合何必同，一朝利盡更相攻。先號後笑不須怪，外物未可疑心胷。比干諫死微子去，自古不辨汙與隆。我來故國空歎息，城東舊宅生茅蓬。平湖十頃照清廟，獨畫徐子遺陳公。二人皆合配社稷，胡不相對祠堂中。

滕王閣

客從筠溪來歎灰，困一葉忽聞章貢餘。滉蕩天水接風霜出州渚草木見毫末勢奔西山浮聲動古城塹樓觀却相倚山川互開闔心驚魚龍會目送鳧鴈滅遷謫客帆久更悟江流闊使君東魯儒府有徐孺榻高談對賓旅確論精到骨餘思屬湖山登臨寄遺堞驕王應笑滕狂客亦憐勃萬錢罄一飯千金賣豐碣豪風相淩蕩俳語終倉猝歐陽文忠公嘗云王初記文仍俳而唐人貴之如此也何事往空長江人來逐飛楫短篇竟蕪陋絕景費彈壓但當倒罍瓶一醉付江月

次韻道潛南康見寄

一葉追隨魚與龍紅粳白酒華年豐也知山色遥相

待菩畏君詩欲見攻乘興風帆終日去尋幽蠟屐及
春同請君先入開先寺待濯清溪看玉虹

車浮并敘

結木如巢承之以簣沉之水中以浮識其處方舟
載兩輪挽而出之漁人謂之車浮此詩所謂汕也

與遲适同作車浮詩

寒魚得汕便爲家兩兩方舟載小車謀食旋遭芳餌
誤求安仍值積薪遮情存未免人先得欲盡要令物
莫加身似虛舟任千里世間何處有畢罝

題祁昌清隱禪院

北風江上落潮痕恨不乘舟便到門樓觀飛翔山斷際松筠陰翳水來源升堂猿鳥晨窺坐乞食帆檣莫繞村誰道谿巖許深處一番行草認元昆長老廿是胃識子、贈兄於淨國有簡刻石

送章户掾赴澧州

江船不厭窄船窄始宜行風畏長先過灘頭一倍輕迎親無異處祿養勝躬耕澧上春蘭早猶堪弔屈生

除夜泊彭蠡湖遇大風雪

莫發鄱陽市曉撈彭蠡口微風吹人衣露逵廬山首舟人釋鈎笑此是風伯候杙舟未及深飛沙忽狂走

晴空轉車轂渌水起岡阜衆帆落高張斷纜已不救
我舟雋如山此口亦何有老心畏波瀾歸卧寒懨慵
土囊一已從萬竅無不奏初疑丘山裂復恐蛟蜃鬬
鼓鍾相轟豗戈甲互磨叩雲霓黑旗展林木萬弩彀
曳柴眩人心振旅擁軍後或爲鷁雖吟或作倉兕吼
衆音雜呼吸異出殊圈臼中霄變凝冽飛霰集飛糅
簫韸蓬響乾晃蕩牕光透堅凝忽成積澎湃殊未究
紵縞鋪前洲瓊瑰琢遥岫山川莽同色高下齊一覆
淵深竄魚鼈野曠絶鳴雊孤舟四鄰斷餘食數升糗
寒龍僅盈盎腊肉不滿豆獎袤擁衾眠微火拾薪搆

可憐道路窮坐使妻子詬幽奇雖云極岑寂頃未覩
一年行將除兹歲直浪受朝來陰雲剥林表紅日漏
風稜悟已收江練平不縐兩槳舞夷猶違峯吐奇秀
同行賀安穩所識問癯瘦驚餘空自憐夢覺定眞否
春陽著城邑屋瓦凍初溜艱難當有償爛熳醉醇酎

正日夜夢李士寧過我談説神怪乂之草草
爲具仍以一小詩贈之

先生惠然肯見客旋買雞豚旋烹炙人間飲食未須
嫌歸去蓬壺却無喫

舟中風雪五絶

北風吹雪寄還稀雪勢漸多風力微孤棹獨依銀色

界山川絶路欲安歸

曉風起浪作銀山夜雪爭妍布玉田風力漸衰波更

惡通宵撼我正安眠

擁纜埋蓬不見船船窻一點莫燈然幽人永夜歌黄

竹頼有丹砂煖寸田

濁醪麤飯不成歡白浪飛花雪作團窻外時來一雙

鴨浮沉笑我不禁寒

江面澄清雪未融扁舟蕩漾水無蹤篙師不用匆匆

去過眼盧山羣玉峯

題南康太守宅五老亭

五老高閑不入城，開軒肯就使君迎。坐中莫著閑賓客，物外新成六弟兄。雲氣飄浮衣袂舉，泉流灑落佩環聲。岌然終日俱無語，靜壽相看意自明。

書廬山劉顗宮苑屋壁一絶

山西舊將本書生，歸老巖間未厭兵。卧聞布水中宵起，錯認邊風萬馬聲。

雕弓掛壁恥言勳，出入樵漁便作羣。五馬親來看射虎，不愁醉尉惱將軍。

肙輿已棄躡風騅，舊物仍存楊柳枝。一曲清歌左近

好五陵故態未全衰

再遊盧山三首

當年五月訪盧山山翠溪聲寢食間藤杖復隨春色到寒泉頻與客心閑巖頭懸布煎茶足峽口驚雷泛葉慳待得前村新雨遍扁舟應復好風還

憶自栖賢夜入城道邊蘭若一僧迎偶然不到終遺恨特地來遊慰昔情海外聲聞安至此堂中天鼓爲誰鳴匆匆復向深山去一盞醍醐飽衆鼍罗漢院有新羅罗漢堂中法鼓特大

此山巖谷不知重赤眼浮圖自一峯芒蹻隨僧踐黃

華曉光消雪隱長松石泉試飲先師錫午飯歸尋下
寺鐘勝處轉多渾恐忘出山惟見白雲濃

汲陽阻風

鍾陵距池陽相望千里內江神欺我貪饕作風雨礙
欲投皖公宿三日逢一噫孤蓬面空山朝食淡無菜
白醪幸餘瀝黃卷漫相對飢吟非吾病疾走老所戒
焦先近不遂蝟合聞尚在區區問蒼生借我一帆快

張嘉祐

逍人何爲若陽狂時放言寶落昔所構纖芥今尚存
斜部可曉漫淚難兜悉孰知彼根源草廬分份膝

俯仰拳肩跟無食輙行乞一飽常閉門爾來二十年

未嘗變寒溫嗟哉豈徒然此意未易言偶來一笑喜

但恐笑我昏

效常蘇州調嘯詞二首

漁父漁父水上微風細雨青篛黄蒻裳衣紅酒白魚

莫歸莫歸莫歸莫長笛一聲何處

歸鴈歸鴈飲啄江南南岸將飛却下盤桓塞北春來

苦寒苦寒苦寒寒苦藻荇欲生且住

至池州贈陳鼎秀才

淮陽學舍舊相依常誦曹溪第一機却到江西心有

悟回看過去事皆非孤舟遠適身如寄二頃躬耕道
自肥欲看齊山君去否閑中徒侶近來稀

次韻遲初入宣河

遠客安長道低蓬稱小溪雲添濕帆雨舟滯没篙泥
草緑耕牛健村深候鳥啼陶翁方作令歸去未成題

次韻侯宣州利建招致政汪大夫

社甕壺漿接四鄰有輿拄杖試紅塵慣眠林下三竿
日來看城中萬井春世上升沉無限事樽前强健不
貲身經過已足知公政長見車中有老人

次韻侯宣城疊嶂樓雙溪閣長篇

作官如負擔一負當且弛不知息肩處妄問道遠邇
我乘章江流却入宛溪水捨舟陟崔嵬行路極旬巳
名都便欲道佳處賴公指仰攀疊嶂高俯闞雙溪美
不悟身乘空但覺風吹耳雲煙變遥壑歌吹聞近市
倦遊得清曠行役有新喜公言頃榛穢斬伐從我始
堰水種蒲蓮開山蒔梅李擁本待成陰養花要食子
遺風樨桓謝及老邀黃綺邦人魚依蒲食客莪在沚
春陰迫寒食謂我姑且止嗟余去鄉國屢把刀環視
感公鵁鶄儕憐我鳧鴨鄙邦逢故人寧復固辭理
高談雲漢上爛醉笙歌裹落日畫公歎推挽未應起

初到績溪縣事三日出城南謁二祠遊石照偶

成四小詩呈諸同官一首謁梓潼廟二首謁汪王廟三首四首游石照

行年五十治丘民，初學催科愧廟神。無限青山不容隱，郡看黃卷自憐貧。

兩餘嶺上雲披絮，石淺溪頭水蹙鱗。指點縣城如手大，門前五柳正搓春。

石門南出衆山巔，泱懷清溪自一川。老令舊諳田事樂，春耕正及雨晴天。

可憐鞭撻終無補，早向叢祠乞有年。歸告佗梅省文字，麥苗含穗欲蠶眠。

行盡清溪到碧峯，陰崖翠壁畫杉松。故留石照邀行客，上徹青山最後重。

雨開石照正新磨鳥度猿攀野老過忽見塵容應笑

我年來底事白鬚多

縣中諸花多交代江君所栽牡丹已過芍藥

方盛偶寄小詩

偶來山邑便成家慚愧潘生滿縣花想見清樽檻邊

飲尚晋佳句壁間誇根株未老年年好艷色方穠日

日加聞道北遊無意味春深河上足風沙

楊主簿日本扇

扇從日本來風非日本風風非扇中出問風本何從

風亦不自知倘復問大空空若是風穴既自與物同

同物起空性是物非風宗但執日本扇風來自無窮

次韻答人幽蘭

幽花耿耿意羞春紉佩何人香滿身一寸芳心須自保長松百尺有爲薪

次韻江法曹山間小酌

高情不奈溥書凶行排青山肯見隨緑野逢花將盡日清樽迫我正閑時簷閒雙鷺欲生子蘗底新梅初滿枝笑殺華陽窮縣令床頭酒盡只嚬眉

官舍小池有鸂鶒遺二小雛二首

半畝清池藻荇香一雙鸂鶒競悠揚來從碧澗巢安

在飛過重城毋自將野鳥似非宮舍物寧君昔是釣
魚郎直言愧比奇章者得縣無心更激昂
清池定誰主鸂鶒自來馴知我無傷意憐渠解託身
橋陰棲息穩島外往來頻勿食遊魚子從交長細鱗

次韻答人見寄

對案青山雲氣騰天將隙地養無能總兼迎暑梅將
溜虛市無人冷欲冰寂默忘言慚社鸞藝憩困睡比
春鷹深知大府容衰病復值年來蘚麥登

次韻答人檻竹

猗猗元自直落落不須扶答節風催展清陰月共鋪

叢長傲霜雪根瘦恥泥塗更種愁無地應須翦碧蘆

欒城集卷第十三

欒城集卷第十四

詩八十五首

次韻王荐推官見寄

可憐妻病執爲媒，私喜鄭邦得儁才。玉案愧無酬錦繡，木瓜却用報瓊瑰。風流似欲傳諸謝，格律猶應學老梅。始信山川出才士，爲冊新自宛奚來。荐宣人也

郭尉願惇夫以琳上人書詩爲示次韻

勉強冠裳四十餘，同官早歲亦山居。朝來過我三竿日，袖有幽僧數紙書。家住一廛何計反，官供五斛未應無。閑渠秋後來相訪，脫粟薤葵只自如。

次韻汪琛監簿見贈

連宵暑雨氣如秋過客不來誰與遊賴有澹臺肯相顧坐令彭澤未能休琴疎不辨彈新曲學廢誰令致東脩慚愧邑人憐病懶共成清净勸遲畱

周昉畫美人歌

深宮美人百不知飲酒食肉事游嬉彈絲吹竹舞雜衣曲終對鏡理鬒眉岌然高髻玉釵垂雙鬟窈窕尊棄徹宛轉躑躅從嬰兒倚楹俯檻皆有姿擁扇執拂知從誰瘦者飛燕肥玉妃俯仰向背樂且悲九重深遠安得窺周生執筆心坐馳流傳人間眩心脾飛瓊

小玉雲鬟幃長風吹開忽見之夢魂清夜邪復追者
人衰朽百事非展卷一笑亦胡爲特付少年良所宜

病中郭尉見訪

偶成三日寒熱知是多聞力未全却問藥王求妙
劑暫憩非摩詰已盡圓勞公強說脩行漸顧我方爲病
垢纏應是床頭有新酒欲邀佳客故留連

病後

一經寒熱攻骸骨正以兵戎過室廬柱木支撑終未
穩筋皮收拾久猶疎芭蕉張王要須朽雲氣浮游畢
竟虛賴有衣中珠尚在病中點檢亦如如

復病三首

其一

病作日短至病消秋氣初山深足氛瘴俗儉少肴蔬藥亂曾何補心安當自除朝庭閔淤落已是

其二

寒作埋氷雪熱攻投火湯今生那有此宿業未應亡委順一無損力争徒自傷頼然付一榻是處得清凉

其三

一病五十日復爾當解官不才歸亦樂無食去猶難黽勉人應笑低徊已意闌舊師摩詰老把卷静中看

送琳長老還大明山

身老與世疎但有世外緣五年客江西掃軌謝往還依依二三老示我馬祖禪身心忽明曠不受垢汚纏偶戍江東游欲别空悽然緣散衆亦去飄若風中煙明星懸偶然得老尉舊依育王山璉公善知識不見高安三長老去之甚熟別後文老去洞山聰老與聖存全老化去華陽本荒邑緇素十九年我昔未聞道問以所入門告我從信入授我普眼篇冊冊百尺松起白一寸根南歸髮盡白尺書今始傳不知鄰邑中乃有門人賢百里走相訪觸熱汗雨翻懷中出詩卷清絕如斷蟬我適病寒熱氣力

才髠髠空齋默相向欲語不能宣求暇答佳意歸錫

鏘金環空有維摩病愧無維摩言

病退

冷枕單衣小竹床卧聞秋雨滴心涼此間本净何須

洗是病皆空豈有方示疾維摩元自在放身南嶽離

思量病根欲去真源在昨夜夢遊何有鄉

病後白髪

枯木自少葉不堪經曉霜病添衰髪白梳落細絲長

筋力從凋朽肝心罷激昂勢如秋後雨一度一凄涼

答琳長老寄幽蘭白木黄精三本二絶

其一

谷深不見蘭生處追逐微風偶得之解脫清香本無染更因一嗅識眞知

其二

老僧似識衆生病久在山中養藥苗白朮黄精遠相寄知非象馬費柔調

次韻傅宣城題疊嶂樓

小邑來時路宣城最近隣樓臺百年舊花竹一番新登覽春深日凝思病後身何時對樽酒重爲洗埃塵

初聞得校書郎示同官三絶

其一

讀書猶記少年狂萬卷縱橫曬腹囊奔走半生頭欲白今年始得校書郎

其二

百家小邑萬重山慙愧斯民愛長官粳稻如雲梨棗熟暫留聊復爲加飡

其三

病後濁醪都少味老來歡意苦無多臨行寂寞空相對不作新詩柰客何

續溪二詠

豁然亭

南看城市北看山，每到令人意豁然。碧瓦千家新遇雨，青松萬壑正生煙。經秋卧病聞斤響，此日登臨負酒船。徑請諸君作佳句，壁間題我此詩先。

翠眉亭

誰安雙嶺曲彎彎，眉勢低臨戶牖間。斜擁千畦當水秀，分八字放遥山。愁霏宿雨峯巒濕，笑卷晴雲草木閑。忽憶故鄉銀色界，舉頭千里見蒼顏。

辭靈惠廟歸過新興院書其屋壁

來時稻葉針鋒細，去日黄花黍粒龕。久病終慙多廢

歲豐年猶喜慰耕夫青山片片添紅葉淥水星星照

白鬢濆東觀校讎非老事眼昏那復競鉛朱

郭尉惠古鏡

凜如秋月照虛空遇水留形處處同一瞬自成千億

月精神依舊滿胷中（俗言以鏡予人損己精神故解之云）

歙縣歲寒堂

檻外丗棠錦繡屏長松何者擅亭名浮花過眼無多

日勁節凌寒盡此生脂長茯苓根自大旋收金粉氣

尤清長官不用求琴譜但聽風聲作弄聲

邵武游氏老人三清堂紫芝

黑龜赤鳳早逢師白髮蒼顏老不衰丹鼎一乩深自祕紫芝三葉却先知煙薰晴日雲容薄色凝秋霜玉性竒何日刀圭救癃病盡芟荆棘種交梨

神宗皇帝挽詞三首

其一

稽古堯無作勤邦禹有攻政新天地力事攺漢唐風禮樂寰中盛梯航海外通華封徒有誦龍御忽乘空

其二

承平慦不虛付託重艱難統接神孫正人依聖母安橋山封劒佩原廟見衣冠萬國纏哀處高陽檜柏寒

其三

取士忘疎賤量書廢寢興芻言本何益王殿最先登

日角依俙想堯言弟泗稱龍髯遠莫及零淚凍成氷

舟過嚴陵灘將謁祠登臺舟人夜解及明巳遠至桐廬望桐君山寺漂渺可愛遂以小舟遊之作二絕

其一

徧舟忽草出山來慚愧嚴公舊釣臺舟子未應知此恨夢中飛楫定誰催

其二

嚴公釣瀨不容看猶喜桐君有故山多病未須尋藥錄從今學取衲僧閑

沂潮二首

其一

潮來海若一長呼潮去蕭條一吸餘初見千艘委泥土忽浮萬斛沂空虛映山少避曾非久借勢前行却自如天地尚遭人意料乘時使氣定麄踈

其二

疋練縈回出海門黃泥先變碧波渾初來似欲傾滄海正滿直能倒百源流栟飛騰竟何在扁舟聊睨久

仍存自慚不作山林計來往終隨萬物奔

贈王復處士

候潮門外王居士平昔交遊遍海涯本種杉松爲老計晩將亭榭付隣家爲生有道終安隱好事來遊空嘆嗟猶有東牟舊詩卷忻然對客展龍蛇王君舊有園亭子瞻既名之曰種德其亭頃以貧故鬻之矣

張惕山人即昔所謂惠思師也余舊識之於京師忽來相訪茫然不復省餘自言其故戲作二小詩贈之

昔日高僧今白衣人生變化定難知故人相見不相

識空怪解吟無本詩
聽誦長江近章句喜逢澄觀已冠巾醉吟揮弄清湖
水誰信從前戒律人

次韻子瞻送楊傑主客奉詔同高麗僧遊錢塘
人言長安遠如日三韓住處朝日赤飛帆走馬入齊
梁却渡吳江食吳橘玉門萬里唯言九行人淚墮陽
關酒佛法西來到此間遍滿曾如屈伸手出家王子
身心虛飄然渡海如過渠遠來欲見傾盆兩屬國真
逢藏角魚至人無心亦無法一物不見誰爲敵東海
東邊定有無拍手笑作中朝客

寄龍井辯才法師三絶并叙

輙自績溪蒙恩召還將自宣城沿大江以歸家兄子瞻以書告曰不如道歙溪過錢塘一覲老兄潰迹輙用其言既至吳中迫於水涸不能久留十月八日遊上天竺子瞻昔與辯才師相好今隔南山不得見乃作一小詩以寄之

我兄教我過東吳遺墨山間無處無忽報冬潮催出堰俗緣深重道心麄

山色青冥藥未紅湖光凝碧曉無風行窮上下兩天竺望斷南山龍井龍

井水中藏東海魚側盆翻雨洗凡夫隔山欲共公相見莫道從來一滴無

元絳參政挽詞

吳越朝天功在民當年卿相亦仁人曾孫終與元豐政故老猶知異代因吏治清明開白日文詞俊發吐青春鄰都從事堂中客瀟灑高原栢子新

過王介同年墓

平生使氣坐生風徐扣方知學有功應奉讀書無復忘虞翻忤物目甘窮埋根射策乂彌奮投老爲邦悍莫攻墳木未須驚已拱少年我亦作衰翁昔與中甫同登制科

僕年最少今巳老矣

將遊金山寄元長老

麄砂施佛佛欣受慳石供僧僧不嫌空手遠來還要否更無一物可增添

元老見訪留坐具而去戲作一絶調之

石霜舊奪裴休笏坐具只今君自留放書房還會否受降曾不費戈矛

元老和示小詩自謂非戰之罪復作一絶弁坐具還之

請君郤領彌天具不欲終收陷虎名莫道昏沉非戰

罪何如不戰屈人兵

子瞻與長老擇師相遇於竹西石塔之間屢以絶句贈之又晋書邀輙同作遂以一絶繼之

遠老陶翁好弟兄虎溪廬阜久逢迎何須更要經平子清議從來貴士衡

高郵贈別杜介供奉

淮南魚米年年賤直便歸休無俸錢錦背圖書何益事塵生弦筦正參禪逢人未厭一樽酒送客長隨千里船世上得如君自在不須開府事開邊戩先去年送家兄子贈至高郵今年復留此相別

答王定國問疾

五年竄南荒頑質不伏病吸清吐濁穢氣練骨隨勁
澹然父忘歸寂寂就遐屛國恩念流落牽挽界隣境
舟泝長江藤鞋過重嶺峽深蔦蘿惡山嶮崖石橫
台夏初發氛霧秋愈盛菘薤食有時豚羔詎曾省
開訟抵入日晏驁舌競肝脾得寒熱氷炭迫晨暝
醫囷空跡蠻覡刺麁猛老妻但坐哭遺語未肯聽
子亦在床一臥昏不醒思歸未可得即死付前定
如性終在冉冉歲將冷筋骸稍輕安冠服強披整
方厭苓朮日食禁醪茗髮衰亂隨櫛骨瘦空看影

簿書勉復親環玦非所請馬老固伏櫪槎流舊安井
凌兢就輕車邂逅出脩綆此生誠夢幻俛仰成弔慶
故人枉新詩萬里慰孫耿賞音我非癀斲鼻君眞郢
南遷昔所同卧疾今亦並遠行信由天未死庸非命
歸舟正飄兀齋舍念淸淨作書附鴻翼去路瞻斗柄
閒水漸安流吳音未全正一樽對淸言及此冬夜永

和子瞻次孫覺諫議韻題邵伯閒上斗野亭見寄

扁舟未遽解坐待兩閘平濁水汙人思野寺爲我淸
昔遊有遺味枯墨存高甍故人獨未來一樽誰與傾

北風吹微雲莫寒依月生前望邦溝路却指鐵甕城
茅簷卜兹地江水供晨烹試問東坡翁畢老幾此行
奔馳力不足隱約性自明早爲歸耕計免慙老僧榮
僧榮斗野主人也子瞻將卜居陽羨山下此亭正當歸路故云
次韻子瞻題泗州監倉東軒二首
扃輿姍姍渡浮梁吏隱知君寄一倉十里遊看飛阜
蓋小軒相對有壺漿淸宵往往投車轄永日霏霏散
篆香留滯淮南久仍樂莫年何意復爲郎
萬斛塵飛日爲霾無心退食自成齋梅生紅栗初迎
臘魚躍銀刀正出淮卧病空看帆度磧誦詩猶記雪

填堦夾河南北俱形勝且借高城作兩崖

答顔復國博

歲晚河水留畫船一軒脩竹喜蕭然詩詞温厚新成格道論精微近入禪病後不勝清醑醲別時仍得舊書傳欲成古史須咨考陋巷何因接尺椽

次韻王定民宣德

彭城寺壁看詩來顔氏瓢樽偶共開茅屋未完先鑿沼竹林成後想宜梅新詩妙絶難爲繼高論微低得共陪第一詞人生不識玆行尚喜揖君才

河冰

扁舟多艱虞與我平日類初乘滂洋泒旋涉凍淺地
日西陰風作夜半流澌至悄然孤寂枕覺此凝洌氣
河聲噤不喧燈花結復墜忽來觸舟去聲與裂帛似
平明發窓扉吏卒彊未起奔騰陣馬過洶湧晴雲駛
紛紛散環玦卷卷浮席被匯流忽騰蹙曲岸相撐抵
欹危起丘山汗漫接州沚連艘恣凌轢千槌競紛委
剛強初悍頑潰散終被靡掃除就虛曠沿泝弄清泚
我行無疾除乘流得坎止偶然迫還期愧此墮十指
陰陽有定數開塞亦常理窮冬冶舟行嗟此豈天意

復賦河氷四絶

客心凛凛怯寒氷擁褐無言夜漏深河伯似知歸意速風號西北故相禁

春來歸夢劇飛梟夜半流澌擁舳艫似勝去年彭蠡口雪封廬岳浪翻湖

朝來縣令借長船仍遣千夫上下牽不惜瓊瑶分衆手貪看雲片滿河堧

輕紈破碎珮環流顛倒鏘鳴亂觸舟解綁投篙曾不顧不知何處擁汀洲

河氷稍解喜呈王適歸

留滯江湖白髮生西歸猶苦凍峥嶸春風未到氷先

解河水初深船目輕去國偶然經晝夢逢人稍欲問
都城羈鴻共有成行喜雙鯉應將尺素迎
河水復結復次前韻
懊惱河氷散復生徂年近已失崢嶸身晉短舫厭厭
睚目送飛鴻一一輕引繂低徊疑上坂打凌甚苦辛
攻城東風憐我歸心速稍變楊梢百里迎
題南都晉守妙峯亭欲
我登妙峯亭欲訪德雲師春陽被原野灘漁含流澌
未復桃李色稍增松桂姿予夫東來檣冉冉將安之
萬物委天運此身免奔馳悵然懷舊遊一丘覆茅茨

清冷夂沮洳文雅空頽隳提攜二二子醉倒春風吹
不見妙峯處安知德雲期南遷夂忘友有獲空自知
歸來覽新構怳然發深思遠行極南海此地初不移
酌我一斗酒盡公終日嬉德雲非公歟相對欲無詞

次韻發運路昌衡淮南見山堂

疊石初成得賜環未應苔蘚上蒼顏據鞍華岳旌旄
裏回首淮山夢想間烽火日傳西塞静丘陵應伴壯
心閑終南太白皆公有肯向庭中更作山

送戴朝議歸蜀中

岷山招我早歸來劍閣横空未易回北叟忽驚鵾鴃

晚西轅欲及海棠開避仇賦客新耕來因亂詩翁耆
酒杯但愛江山無一事爲言父老莫相猜

後省初成直宿呈子瞻二首

掖垣初罷斧斤響棟宇猶聞松桂香江海髴來俱野
客雲霄並直愧華堂月明似與人煙遠風細微聞禁
漏長諫草未成眠未穩始知天上極清凉
射策當年偶一時對床夜雨失前期廬間還往無多
地夢裏追尋亦自疑蠣墨屢乾朝巳夂囊封希上出
猶遲茅簷半破松筠老歸念蕭然欲語誰

次韻子瞻送陳睦龍圖出守潭州

海上石橋餘折棟大舶記君過鐵甕東行萬里若乘空老蜃長鯨應入鞚波搓風卷卧不起免教髀肉鞍磨痛歸來過我話艱苦驚汗津津尚流汞海涯風物畫成圖錯落天吳紫鳳至今想象闖人事往往風濤吹畫夢長沙欲往厭飛楫幸有千兵作迎送文章清逸世少比科第峥嶸聲自重遠行屢屈衆所歎出祖誰攀車故動明朝鼓角背王城莫聽單于吹曉弄

送千之姪西歸

子雍其使三韓轢時在南都見奉往返故此詩言之

京洛東遊歲月深相逢初喜解徵吟夢中助我生池

草別後同誰飲竹林文字成家憐汝在風流似舊慰人心便將格律傳諸第王謝諸人無古今

駕幸親賢宅贈隨駕諸公

日日南風夜氣煩一聲鳴蹕萬人看禁溝飛水清黃道涼殿分氷遍從官急雨未成昏觀闕微飆稍覺泛和鑾相看揮汗塵埃裏散髮何人舊不冠

次韻子瞻飲道者院池上

雨氣涼侵殿河流滲入池黃粱瀹魚子白酒瀉鵝兒風細初生袖塵清免汗眉郊行不意得拂壁看題詩

答孔平仲惠蕉布二絶

衣葛終年累已輕薄蕉如霧氣尤清應知浣濯衣稜

敗少助晨趨萃蔡聲

燈籠白葛扇裁紈身似山僧不似官更得雙蕉縫直

裰都人渾作道人看

次韻朱光庭司諫喜雨

焦枯連夏火洗濯待秋霖都邑溝渠净郊原黍豆深

流膏侵地軸晴意動風琴誰似臣居易先成喜雨箴

次韻光庭省中書事

放浪江湖久慵慵安排詎置從宂中龐踈空與廷和

對開納初還正觀風二鄙兵銷真帝力四方雨足自

天功時將一勺傾滄海漫使人知逹四聰

送張恕朝奉南京簽判二首

楚蟹吳秫初著霜梁園官酒試羔羊老如計相非無齒清似留侯未却糧杖屨稍通賓客過縠蔬要遣子孫嘗詔書委曲如公意幕府新除朱紱郎

朱紱寒家罷倚門晉都無事最宜親下車趨走驚隣舍決獄平反慰老人相見只今多邂逅舊遊他日半埃塵何年重起扁舟興會作東湖十日賓

送賈訥朝奉通判眉州

歸念長依落日邊壺漿今見逆新官聲傳已覺謳歌

遍身到前知政令寬民病賢人來已暮時平蜀道木
無難明年我欲脩桑梓爲賞庭前荔子丹眉州舊有荔支廳二株甚大

次韻黄庭堅學士狌毛筆

不悟身邊一斗紅聖賢隨世亦時中何人知有中書
巧縛送能書陳孟公

李誠之待制挽詞二首

脱遺章句事經綸滿腹龍蛇自屈伸南鴐威聲傳絶
域西征舊恨失姦臣空晋諫疏驚頹靡終託詩詞話
苦辛直氣如雲未應盡一雙嗣子亦騏驎

濟南風物在西湖湖上逢公初下車談笑樽前伏齊虜旌旗門外聽除書一封未奏先焚草三黜歸來便種蔬淚落西堂歌酒地杉松空見歲寒餘

司馬溫公挽詞四首

白髮三朝舊青山一布衾封章留帝所德澤在人心

又

未起謳吟切來歸故託深楊公不久住天意定難忱

決策傳賢際危言變法初紛紛看往事一一驗遺書

又

富貴終何有清貧只自如西州不忍過行哭便回車

區區非爲已懇懇欲亡生力盡心終在身忘勢亦成
遺民拋劒戟故老半公卿魏丙生前友俱傳漢相名

又

少年眞徇淺射策本麄踈欲廣忠言地先收衆棄餘
疏離見更化邂逅捧除書趙孟終知厭他人恐罵予

送表弟程之元知楚州

與君外兄弟初如一池魚中年雲雨散各異澗谷居
客舍後相從語極長欷歔青衫奉朝謁白髮驚晨梳
百年不堪把一樽歡有餘清言我未厭昨夜聞除書
淮南旱已久疲民食田蔬話發上供米仍疏古邗渠

要須賢使君均此積歲儲徑來兩褩去不待五馬車
別離雖重陳勞徠不可除政成得召節歲晚當歸歟

送王震給事知蔡州

朝廷入忠返冠蓋如雲屯貧哉貴公子獨以民社言
西臺出命書落筆波濤翻東臺典封駁坐惜日月奔
試劇得上蔡高卧強東藩早歲獨多麥特雨如傾盆
鈴軒省鞭扶幕府多壺樽逡巡文字樂斥去簿領煩
賜環行當至坐席恐未温三槐日成陰富貴屬曾孫

送王廷老朝散知虢州

滿腹貯精神觸手會衆理一麾十五年直坐才多爾

我昔遊宋城憶始識君子簿書塡丘山賓客亂蜂蟻
出尋城下宅屢獲床前履淸談如鋸木落屑紛相委
解頤自有樂置酒姑且止邀巡破黃封嬈嬈歌皓齒
風㫋能正白霜落蟹初紫夜闌意未厭河斜客忘起
歸來笑僮僕熱醉未曾爾江湖一流蕩歡意日頽弛
西還絕舊遊相逢値新喜詔俾西州牧門有米輜柅
都城挽不住山賊近方侈提刀索官谷援桴動閭里
居家百無與王事非有已何日却休官復飲梁王市

送曾有開中大知洛州次子瞻韻

仲連雖不仕而非綺與園逡巡笑談間獲解戰鬭繫

子敬識二孫長揖鼓鼙喧意氣感周郎振策起江村
二賢繼英風千載爲高門曾孫事仁祖風義夙所敦
臺閣餘故事父老稱遺言白髮識公子十載友元昆
婆娑久不試俛仰色逾温五馬忽嘶鳴朱輪夾征軒
旌旄隔河至部曲幾人存銅虎不可留芻狗行當燔
秋潦決河防遺黎化鶖鳧憂心念千里何暇把一樽
西城叩門别南風吹帽𦖃嗟我限出謁未敢逾短垣
新晴水尚壯想見民驚奔安得萬丈堤止此百里渾
姑爾救一境誰當理其源百聞貴一見尺書爲我論

欒城集卷第十四

欒城集卷第十五

詩八十五首

送陳侗同年知陝府

上書乞江淮得請臨關河所得非所願親友或相訶
丈夫志四方所遇常逶迤況當國西屏形勝古來多
崑渠溴北郭華岳垂東阿羌虜昔未平驛騎如飛梭
間諜時出没關梁苦譏何爾來一清淨西望多麥禾
魏絳方和戎先零正投戈秦人釋重負道路聞行歌
便當卧齋閣次第除網羅時時一嘯咏未用勤催科
諸孤寄吳越食口如鴈鵞時分槖中金何必手自摩

次韻李曼朝散得郡西歸晋別二首

風波定後得西歸，烏鵲喧呼里巷知。未熟黃粱驚破
夢，相看白髮信乘危。豚肩尚有冬深味，蠶器應逢市
合時。父老爲公晋臘酒，不須猶唱式微詩。

懷印徒行尚故衣，邸中掾史見猶疑。千人上塚鄉關
動，五馬行春雨澤隨。醉裏墜車初未覺，道中破甑復
誰悲。西行漫遣親朋喜，早賦陶翁歸去詩。

送程建用宣德西歸

昔與君同巷，參差對柴荆。艱難奉老母，弦歌教諸生。
黎藿飽臧獲，布褐均弟兄。貧賤理則窮，禮義日益明。

我親本知道家有月旦評邀延户牖間時聞歎息聲
善惡不可誣孝弟神所聽我見此家人處約能和平
它年彼君子豈復地上行爾來三十年遺語空自驚
松阡犹天末苦淚緣冠纓子親八十五皤然老人星
安輿及祿養乎反歛中情月俸雖不多足備甘與輕
今年復考課得秩真代耕倚門老鶴望策馬飛鴻征
歸來歲云莫手奉屠蘇觥我詩不徒作以遺鄉黨銘
君昔嘗憫君與弊廬東西相望武昌君見其家事知非貧賤人也此語未嘗語人俛仰三十年矣因君西歸作詩言之不賁流涕

次韻子瞻杜介供奉送魚

天街雪霽初通馹禁籞氷開漸躍魚十尾煩君穿細

柳一杯勸我芼青蔬寒樽獨酌偶逢客佳句相酬不

用書江海歸來叨禁近空令同巷往來踈

次韻子瞻招王鞏朝請晚飲

矯矯公孫才不貧白駒衝雪喜新春忽過銀闕迷歸

路誤認瑤臺尋故人訪我不嫌泥正滑留君深愧酒

非醇歸時九陌鋪寒月清絶空教僕御顰

子瞻與李公麟宣德共畫翠石古木老僧謂

之憇寂圖題其後

東坡自作蒼蒼石留取長松待伯時只有兩人嫌未

足更收前世杜陵詩

王君貺宣徽挽詞三首

妙年收賈傅白首貴王陽志氣文章在功名歲月長

遺孫依舊德故吏滿諸方河朔三持節斯民定不忘

又

謫墮神仙侶飛翔鸞鳳姿舊逢黄石老陰許赤松期

歷歷僧伽記申申鄧傳詞翩然歸海嶠無復世人知公少年過泗州於僧伽塔中見一老僧謂公歸晾說慕有白兔首君當第一人及第已而果然既登科見張鄧公為公言吾為討洪令尉補得一人疑其行劫吾齊其非是釋之問其所從來則山中隱者也以藥遺我四服此藥可以終天年而無病且約我貴極臣今子方且貴愼勿笞辱道人公終身用其言輔佐

公於大名親見公訖之

從軍在河上仗鉞喜公來幕府方閒暇歌鍾得縱陪它年老賓佐過國泣樓臺猶有墳碑在仍令故客開今樞密安公厚卿昔與轍同在幕府公家方求厚卿作墓碑

送杜介歸楊州

楊州繁麗非前世城郭蕭條却古風尚有花畦春雨後不妨水調月明中東都甲第非燕汝北牖羲皇自屬翁渭洛放船經月事急先鶗鴂遶芳叢

次韻子瞻與鄧聖求承旨同直翰苑懷武昌西山舊遊

我遊齊安十日回東坡桃李初未栽扁舟亂流入樊口山雨未止溼黃梅寒溪聞有古精舍相與推挽登催嵬山深縣令喜客至寺荒蔓草生經臺黃鵝白酒得野餽藤床竹簟無纖埃可憐遷客畏人見共怪青山誰爲推行驚晚照催出谷中止亂石傾餘壘古今相望兩令尹（謂元結昇劉君也）文詞灑落千山隈野人豈復識遺趣過客時爲剜蒼苔五年留滯屐齒禿一朝揮手船頭鬧玉堂却憶昔遊處笑問五椰應彫摧潲朝文士發貴達馮陵霄漢乘風雷入祭祕殿出華省何曾著足空山來漂流邂逅覽遺躅耳中尚有江聲哀

送楊孟容朝奉西歸

三十始去家四十初南遷五十復還朝白髮正紛然故人從西來鞍馬何聯翩握手得一笑喜我猶生全別離多憂患夢覺非因緣惟餘歸耕計粗有山下田久糜太倉粟空愧鄉黨賢老兄富治行令德齊高年舉此民事清未厭軍壘偏父老攜壺漿稚子迎道邊應有故相識問我何當旋君恩閔衰病歸駕行將鞭

次韻孔武仲學士見贈

羨君耽讀書日夜論今古雖復在家人不見揮手處意求五車書未惜雙目苦蓬萊倚霄漢簡門充棟宇

學成擅圜倉筆落走風雨破龍閑野鶴短草藏文虎
鬢鬚忽半白兒女無復乳知君不能薦愧我終何補
偶來相就談日落久未去歸鞍得新詩佳句爛如組
古風棄彫琢遺味比樂府且復調塤篪泠然五音舉

送宋定國朝奉西歸

我懷同門友勢如曉天星老去髮垂素隱居山更青
退翁聯科第俯仰三十齡仕官守鄉國出入奉家庭
鵠鷺性本靜芷蘭深自馨新詩得高趣衆耳昏未聽
笑我老憂患奔走如流萍冠裳強包裹齒髮坐彫零
晚春首歸路朱轓照長亭縣令迎使君綵服導輜軿

長歎或垂涕乎反知有令此樂我已亡雖達終不寧

次韻劉貢父省上示同會二首

流落江湖東復西歸來未洗足間泥偶隨鵬翼培風上特得衙香滿袖攜落筆逡巡看儤直醉吟清絕許分題相望曾衛雖兄弟終畏鄰封大國齊

掖垣不復限東西賓客來衝霧雨泥白酒黃封開瀲灩朱纓青籠落提攜五花愧我連書判三道高君免試題誰遣松喬同一谷凌雲他日恐難齊

次韻孔武仲三舍人省上

君不見西都校書宗室叟東魯高談鼓瑟手偶然同

我西掖垣並立曉班分左右龍文百斛世無價屬公一
尾釜椑然但升斗諸兄落落不可望兩季幸皆分餘
光大孔奮飛自南鄉聯翩羣雁相追翔渠家冠蓋尤
堂堂

送顔子敦奉使河朔

去年送君使河東今年送君使河北連年東北少安
居慷慨憐君色自得河流西決不入土千里汙漫被
原隰壯夫奔亡老稚死粟麥無苗安取食君憂臣辱
自古然自跪過門三不入忠誠一發鬼神輔心念既
通謀計集堤防旋立村落定波浪欲收蛟蜃沆二年

歸國未爲父故舊相看髮猶黑成功豈在延世下好勇直令腐儒服此時爲國頌河平當使君名長不没

席上再送

人言虎頭癡湧作河朔遊黃河六七月不辨馬與牛單車徑北渡橫身障西流虎頭亦不癡志在萬户侯徜徉歷三邊歸借坐上籌腰垂黃金印不受白髮羞此計雖落落但問有志不臨岐且一醉行役方未休

次韻孔文仲舍人酴醾

蒼蚍凍不死輕素腰仍婦落蘂時吹面繁香自撲幃光疑直照夜枝軟或牽衣似厭風霾苦應思霧雨霏

開樽迎最盛掃地見初稀賴有清陰在金波肯發揮

送錢承制赴廣東都監

家聲遠繼河西守遊宦多便嶺外官南海無波閒闕舸北堂多暇得羞蘭忽聞常棣歌離索應寄寒梅報好安它日扁舟定歸計仍將犀玉付江湍

次韻曾子開舍人四月一二日扈從二首

萬人齊仗足聲勻犀輦徐行不動塵夾道讙呼通老穉從官雜遝數徐陳旌旗稍放龍蛇卷旒冕初瞻日月新天遣兩師先灑道農夫不復誤占辛農家常以上辛占歲辛深則麥熟今年正月八日得辛而雨不時應駕未出一日乃得雨麥始有望

衣冠雙日欽蓬萊簾脫瓔鉤扇不開清曉連驚三殿啓翠華遥自九天來晨光稍稍侵黃盖瑞露霏霏著禁槐千雨翟車觀禮罷歸時滿載德風迴是日內外命婦毕会景灵御贈二宮肅然雍穆不言而化諸公之家有能言之者

再和

病把江南力未匀強將冠劍拂埃塵木雞自笑真無用芻狗何勞收已陳行從鑾旗風日細側聽廟樂管絃新誰知四載勤勞後併舉成功祚泣辛宸心惻惻念汗萊南籞西池閉不開長樂鳴鞘千乘出顧成薦蹕萬方來從臣暗泣新宮柳父老行依輦

路槐雙闕影斜朱戶啓都人爭看蜀車回

次韻張昌言給事省中直宿

還家未暇拂塵衣攜被重來趁落暉省戶鳴騶分散宮槐栖鵲共翻飛周廬見月風霜靜斜漢橫空星斗稀多病心身怯清禁故山依約夢西歸

次韻貢父子開直宿

擲簡提毫氣吐虹與餘庭藥詠殘紅今宵文字知無幾軒轅簾中笑二公

去年冬轍以起居郎入侍邇英講不逾時遷

中書舍人雖忝冒愈深而瞻望清光與日俱

遠追記當時所見作四絶句呈同省諸公

邇英肅肅曉霜清玉宇時聞稿葉零風過都城吹廣内萬人笑語落中庭

銅鉼灑遍不勝寒雨點勺圓凍未乾回首曈曨朝日上槐龍對舞覆衣冠迩英前有雙槐甚高而柯葉拂地狀若龍蛇講官進對其下

早歲西廂跪直言起迎天步晚臨軒何知老侍曾孫聖欲泣龍髯吐復吞熙寧昔年制策坐於崇政西廊蓋迩英之比也是日晚仁皇自延和步入崇政過所試握前瞻望天表最為親近

講罷淵然似不勝詩書默默契天心高宗問答終垂世未信諸儒測淺深

次韻張問給事喜雨

巳收蠶麥無多日旋喜山川同一雲禾黍趁時青覆壠池塘流潤渌先文兩宮尚齋清晨集中禁初消永夜薰倉粟半空民望足深耕疾耨肯忘君

次韻宋構朝請歸守彭城

得郡迎親願不違書來無復寄當歸馬馳未覺西南遠烏哺何辭日夜飛湖水欲平官舍好茶征初復訟琲稀平反聞道加飧飯五袴應須換破衣

次韻劉貢父西掖種竹

竹迷誰定知迷否趁取滂沲好雨初栽向鳳池吹律

處斸從芸閣殺青餘迎風一嘯朝回早弄月相差直宿踈應恠藉咸林下客相看不飲作除書仲馮方作左史又與貢父並直於此

次韻劉貢父省中獨直

簾深巧為隔朝暾竹密時能引雀喧朝罷宿酲還續夢靜中諸妄稍歸根坐曹聞道仍分省出沐誰當與並軒竹箄茅簷它日事重因遺詠記君恩

得告家居次韻貢父見寄

君恩賜告許歸來雨後中庭有緑苔起問日高三丈乂卧聞車過九門開泥封連日傳新語朧朧知君有

軼才叶八二十二雨日除目偎多待得晴乾追後乘未應塵土熱如灰

黄幾道郎中同年挽詞二首

温恭天賦此心良惠愛人知政術長井水無波任鮮綆牛刀投隙應宮商分符出遍名城守攜被歸從華省郎不到汝陰遺恨遠坐令湖水減清光

早歲相從能幾時准陽花發正游嬉鳴弓擐相人如堵席地滄浪榭作惟十載舊遊真是夢一時佳客尚存誰遊鬧稱日車千兩漬酒縣中寄一悲轆昔与幾道相遇於陳藻字張聖民相与游從甚密速今将二十年當時賓客在者少矣而幾道復化去言之悽惻無已

和王定國寄劉貢父

皮領當年惜遠行過淮今日似前生留連秋思江
海搖蕩春心花滿城欲寄尺書慵把筆偶聞佳句獨
含情何時復看淸虛會醉聽簫箏促柱聲

故濮陽太守贈光祿大夫王君王路詞二首

落落承平佐英英嗣世風芝蘭託庭戶鸞鵠峙梧桐
結客賢豪際傾財緩急中悲傷聞故老淪謝未衰翁
吳中試良守濮上繼嘉聲平賦權家恨蠲租盜俗淸
家貧久未葬身去獨留名天報多男子終存好弟兄

韓幹三馬

老馬側立鬃尾垂御者高栱持青絲心知後馬有爭

意兩耳微起如立錐中馬直視翹右足眼先已動心

先馳僕夫旋作奔佚想右手正控黃金羈雄姿駿發

最後馬回身奮鬣真權奇圉人頓轡屹山立未聽決

驟爭雄雌物生先後亦偶爾有心何者能忘之畫師

韓幹豈知道畫馬不獨畫馬皮畫出三馬腹中事似

欲譏世人莫知伯時一見笑不語告我韓幹非畫師

書郭熙橫卷

鳳閣鸞臺十二屏屏上郭熙題姓名崩崖斷壑人不

到枯松野葛相歆傾黃散給舍多肉食食罷起愛飛
泉清皆言古人不復見不知北門待詔白髮垂冠纓
袖中短軸纔半幅慘澹百里山川橫巖頭古寺擁雲
木沙尾漁舟浮晚晴遥山可見不知處落霞斷鴈俱
微明十年江海興不淺滿帆風雨通宵行投篙移找
便止宿買魚沽酒相逢迎歸來朝中亦何有包裹觀
闕闤重城日高因睡心有適夢中時作東南征眼前
欲擬要真物拂拭東絹付與汾陽生

題王生畫三蠶蜻蜓二首

飢蠶未得食宛轉不自持食蠶聲如雨但食無復知

老蠶不復食矯首有所思君畫三蠶意還知使者誰

又

蜻蜓飛翾翾向空無所著忽然逢飛蚊驗爾飢火作一飽困竹梢凝然反冥寞若無飢渴患何貴一簞樂

贈寫真李道士

君不見景靈六殿圖功臣進賢大羽東西陳能令將相長任世自古獨有曹將軍嵩高李師棹頭笑自言弄筆通前身百年遺像誰復識滿朝冠劒多儒人據鞍一見心有得臨牕相對疑通神十年江海鬢半脫歸來俛仰慚簪紳一揮七尺倚牆立客來顧我誠似

君金章紫綬本非有綠簑黄蒻甘長貧如何畫作白衣老置之茅屋全吾真

次韻子瞻題郭熙平遠二絶

亂山無盡水無邊田舍漁家共一川行遍江南識天巧臨窗開卷兩茫然

斷雲斜日不勝秋付與騷人滿目愁父老如今亦才思一蓑風雨釣槎頭

次韻錢勰待制秋懷

壯心老自消秋思悲不怨中懷不堪七邪用日食萬

朝陽浄塗潦白露落草蔓夾衣搜故褚酒債積新券

狙猿便林藪冠帶愁檻圈夢追赤松游食我青精飯
歸心久已爾佳句聊復勤近聞洮東將閒出邊馬健
裨王坐受縛右袂行將獻念此愧無功歸歟適吾願

宿滎陽甯氏園

喧卑背城市曠蕩臨溪水車流沂絕壁河潤及桃李
居人有佳思過客得新喜中橋一回顧欲入迷所自

滎陽唐高祖太宗石刻像并叙

滎陽大海院高齋石像二高不數寸而姿製甚妙
唐高祖爲鄭州刺史太宗方幼而病甚禱之即愈
因各爲一碑刻彌勒佛且記其事至今皆在元祐

二年九月祭告永裕陵過而觀焉作小詩以授院

僧

誰言膚寸像勝力妙人天欲療衆生病陰扶濟世賢

身微須覆護眼淨照幾先豈爲成功報猶應歷劫緣

次韻劉貢父從駕

一經空記弟傳兄舊德終慙比長卿扈駕聯翩來接

武登科先後憶題名竹林共集連諸子棣蕚相輝賴

友生它日都門俱引去不應廣受獨華榮

次韻劉貢父和韓康公憶其弟持國二首

霜風琴瑟卷梧蕉燕處超然夜寂寥羽客信來丹鼎

具石淙夢斷水聲遥赤松作伴誰當見黄鵠高飛未易招劒履終身定何益勤勞付與沛中蕭

愛君憂世老彌深特操要須得失臨晚歲飛騰推有德故鄉安穩信無心小邦近似西山隱元氣終當北斗斟聖主方求三世舊老臣何止一遺簪

聞京東有道人號賀郎中者唐人也其徒有識之者作詩寄之

賀老稽山去不還鏡湖獨棹釣魚船南來大白尋無處却作郎官又幾年氐下迎鑾驚典謁家山施藥愍耕田試窮脚力追行迹亦使今生識地仙

送家安國赴成都教授三絕

城西社下老劉君，春服舞雩今幾人。白髮弟兄驚我在，喜君浮宦亦天倫。（微之先生門人惟僕與子瞻兄、復禮與退翁兄皆仕耳）

垂白相逢四十年，偶狂情味老俱闌。論兵頗似前賢語，莫作當年故目看。

石室多年款誌平，新書乆溷里中生。遣師今見朝廷意，文律還應似兩京。

送歐陽辯

我年十九識君翁，鬢髮白盡顴頰紅。奇姿雲卷出翠阜，高論河决生清風。我時少年豈知道，因緣父兄願

承教文章疎略未足云舉止倡狂空自笑公家多士
如牛毛揚眉抵掌氣相高下客逡巡愧知已流耕低
昻隨所遭却來京洛三十載重到公家二君在伯亡
仲逝無由追淚落數行心破碎京城東西正十里兩
落泥深旱塵起衣冠纏繞類春蠶一歲相從知有幾
去年叔爲尚書郎家傳舊業行有望今年季作澶淵
吏米塩騷屑何當起前輩今無一二存後來幸有風
流似黃河西行淤没屋桑柘如雲麥禾熟年豐事少
似宜君飽讀遺書心亦足

送韓康公歸許州

功成不願居身退有餘勇心安里閭適望益縉紳重朝爲北闕辯莫犯南河凍人知踈公達王命顯父送百壺山泉溢千兩春雷動旋聞二季賢繼以一章控詔書未云可廷論已争諫兹行迫寒食歸及掃先壠萬人擁道看一子腰金從爾曹勿驚嗟令德勸勸種

三日上辛祈穀除日宿齋户部右曹元日賦二絶句寄呈子擔兄

七度江南自作年去年初喜奉椒槃冬來誤入文昌省連日齋居未許還

今歲初辛日正三明朝春氣漸東南還家强作銀幡

會雪底萬芹欲滿籃
北客南來歲欲除燈山火急萬人扶燈山例以北使見日立欲
觀翠輦巡游盛深却南宮鎖鑰拘
次韻王欽臣祕監集英殿井
碧甃湎雲液銅瓶響玉除没花攢點罷灑霧喚班初
龍餅煎無數螃研滴有餘從官方醉飽一醉解清虛
集賢殿考試罷二首
振鷺紛紛未著行初從江海覘清光卷聲風雨中庭
起筆勢雲煙累幅長病眼尚能分白黑衆毛空復數
驪黄禁中已許公孫第得失何私物自忙

衰病相侵眼漸昏青燈細字苦勞神遍看大軸知無力聽誦奇篇賴有人前日鼓旗聞苦戰明朝雷雨出潛鱗殿廬困極唯思睡却憶登科似後身

問蔡肇求李公麟畫觀音德雲

好事桓靈寶多才顧長康何嘗爲人畫但可設奇將夕聚要當散能分慰所望清新二大士畀我夜燒香

五月一日同子瞻轉對

羸病不堪金束腰來懷江海舊漁樵對床貪聽連霄雨奏事驚同朔旦朝大耿功名元自異中茅服食舊相要一封同上憐狂直詔許昌言賴有堯

次韻劉貢父題文潞公草書

鷹揚不減少年時，墨作龍蛇紙上飛。應笑學書心力盡，臨池寫遍未裁衣。

韓康公挽詩三首

閥閱元高世，功名自發身。堂堂揖眞相，矯矯出稠人。許國心先定，輕財物自親。傳經此韋氏，世世得良臣。

又

耆年時一二，新第闕西南。好客心終在，忘懷日縱談。

又

規模人共記，風味我猶諳。誰是羊曇輩，回車意不堪。

師曠聞弦日相如作賦年雖懸衆人後會值主文賢
北道初聞召南江正還遷平生關親近遺恨屬新阡

送王宗望郎中赴河東漕

春初戎馬掠河壖屬國倉皇不解鞍未免驅民餽邊
食旋聞奉使輟郎官年高轉覺精神勝慮穩要令事
業安持節近看葱嶺雪擁裘應慣鴈門寒

送周士敦赴成都兵鈐

傷雄老病久思歸家在成都更向西邂逅王孫馳馹
騎丁寧父老問耕犁褲房何處不行樂堂像君家有
舊題德厚不妨三世將時平空自萬夫齊

鴻盧草堂圖

昔爲太室遊盧巖在東麓直上登封壇一夜蠒生足徑歸不復往巒埜空在目安知有十志舒卷不盈幅一處一盧生裘褐蔭喬木方爲世外人行止何須錄百年入篋笥大馬同一束嗟子練世累歸來有茅屋江千頃秋田清泉映脩竹尚將逃姓名豈復上圖軸

秦虢夫人走馬圖二絶

秦虢風流本一家豐枝穠葉映花雙欲分妍醜都無處夾道遊人空嘆嗟

朱幘玉勒控飛龍笑語喧譁步驟同馳入九重人不

見金鈿翠羽落泥中

歸幹二馬

玉帶胡奴騎且牽銀鬉白鼻兩爭先入坊龍種知何
數乞與岐邠並錦韉

試制舉人呈同舍諸公二首

垣中不减臺端峻池上來從柱下嚴同直舊曾連月
久鼇來還喜二公兼僕頃與孫莘老同在諫垣與彭器資同在西掖直言已
許侵彈奏煩告行聞振滯淹顧我龕官何所與西曹
只合瀹茶鹽

早歲同科止六人中年零落半埃塵却將舊學收新

進幾誤今生是後身骯髒洲都遺老驥沉埋祕府愧潛鱗（制科前輩今獨張公安道二人後來未有惟張去華而已）憐君尚勝劉蕡在白首諸侯呼上賓

次韻張去華院中感懷

登朝已老似王陽脫棄何堪霧雨涼案上細書憎蟻黑禁中新酒愛鵝黄臨堦野菊偏能瘦倚檻青松解許長仕宦不由天禄閣坐曹終日漫皇皇（蘇頌自續溪除校書郎未至京除右司諫竟不入館故以爲恨）

送周思道朝議歸守漢州三絶

早緣民事失茶官解印重來十二年羡愿一周還自

復始知東里解言天

梓潼東南甲乙州同時父子兩諸侯王孺時出守梓州它年

我作西歸計兄弟還能得此不

酒壓郫筒憶舊酤花傳丘老出新圖洪州宮酒蜀中推第一趙昌畫花蕒傚竹文播亦西州所無也此行真勝成都尹直爲房公百頃湖

欒城集卷第十五

欒城集卷第十六

詩一百二十首

程之元表弟奉使江西次前年送赴楚州韻

贈別

送君守山陽羡君食淮魚送君使鍾陵羡君江上居憐君喜爲吏臨行不欲歔紛紛出歌舞綠髮照瓊梳歸鞍蹈涼月倒盡清樽餘嗟我病且衰兀然守文書齒豁懶食肉一飯甘青蔬愛水亦已乾塵土生空渠清貧雖非病簡易由無儲家使赤脚嫗何煩短轅車君船繫東橋茲行尚徐徐對我竟不飲問君獨何歟

表弟程之邵奉議知泗州

馬有千里足所願百里程馬心自為計安用終日行何人志四方欲買千金輕吾弟有儁才見辰心眼明二年坐北部萬口傳佳聲談笑頑狡伏何曾用敲榜艱難得銅虎洗眼長淮清民事不足為但嘗食魚烹負重責餘力過飽多傷生不見大路馬垂頭畏繁纓

次韻子瞻書黃庭內景卷後贈蹇道士拱辰

君誦黃庭內外篇本欲洗心不求仙夜晞片月墮我前黑氣剝盡朝日妍一暑一寒久自堅體中風行上通天亭亭孤立孰傍緣至哉道師昔云然既已得之

戒不傳知我此心未虧騫指我嬰兒藏谷淵言未絶口行已旋我思其言夜不眠

次韻子瞻好頭赤

沿邊壯士生食肉小來騎馬不騎竹翻然赤手挑青絲捷下巔崖試深谷牽入故關榆葉赤未慣中原暖風日黄金絡頭依圉人俛聽北風懷所歷

送蓀光粲師游廬山

建成市中有任人縱酒罵市無與親敲門訪我何遼巡頭蓬面垢氣甚真截河引水發崑崙下洗尺宅骨髓匀告我入室要自門仙翁道師豈遺君歸來揷足

九陌塵獨遊凝祥芳草春蕭然孤鶴鳴鷄羣子欲不
死存谷神海山微明朝日暾丹成寄子勿妄云出入
無朕窮無垠相思一笑君乃信

同子贍次梅聖俞舊韻題鄉舍木山

江槎出没浮犀牛波濤掀天谷爲洲江寒水落鷩霜
秋危根瘦節鳴寒流脆朽吹去誰鐫鏤連峯疊嶂立
酉酉吾家此山不易得十年棄置空自尤依號鶴唳
豈無意委蛇佐我懷羔裘西歸父老拍手笑笑憶翁
子窮薪樵去恃三山今有五不問故園惟一丘

次韻子瞻送千乘千能

少年食糠覈，吐去願一官。躬耕過斂穫，不知以爲歡。
謂言一飛翔，要勝終屈蟠。朝廷未遑入，江海失所安。
多憂變華髮，照影慙雙鸞。恩從萬里歸，獨喜大節完。
日食太倉米，篋中有餘紈。奇窮不當爾，自信處此難。
長女聞孀居，將食淚濟槃。老妻餉憂患，悲吒摧心肝。
西飛問黃鵠，誰當救飢寒。二子憐我老，輦致心一寛。
別久得會合，喜極成辛酸。忽聞倚門望，有書驚歲闌。
深情見緩急，欲報非琅玕。勸爾勤孝友，慎毋慕衣冠。
淵渟自成井，放瀉當生瀾。豈有白雪駒，舉足無和鑾。

題王詵都尉畫山水橫卷二首

摩詰本詞客亦自名畫師平生出入輞川上鳥飛魚
泳嫌人知山光盎盎著眉睫水聲活活流肝脾行吟
坐詠皆目見飄然不作世俗詞高情不盡落縑素連
峯絶澗開重帷百年流落存一二錦囊至寶輞酬不訾
誰令食肉貴公子不學父祖驅熊羆細氈淨几讀文
史落筆璀璨傳新詩青山長江豈君事一揮水墨先
淋漓手中五尺小横卷天末萬里分毫釐謫官南出
止均潁此心通達無不之歸來纏裹任紈綺天馬性
在終難羈人言摩詰是前世欲比顧老疑不癡桓公
崔公不可與但可與我寬衰遲

憐君將帥雖有種多君智慧初無師篇章俊發已可駭丹青妙絶當誰知自言五色苦亂目況乃耆酒長傷脾手狂但可時弄筆口病未免多微詞歌鐘一散任池館幅巾静坐空書帷偶從禪老得真趣此身不足非財豈世間翻覆岸爲谷猛獸相食虎與羆逝將得意比春夢獨取妙語傳清詩眼看宮釀瀉酥酪未與村酒分醇漓鮮鞍駿馬空伏櫪寄書黄狗閑生氂江山平日偶有得不自圖寫渾忘之臨窗箕卷聊自適磐礴豈復冠裳羈欲乘漁艇發吾興願入野寺嗟兒癡行纏布襪雖已具山中父老應嫌遲

我昔得罪遷南夷性命頃刻存窩師風吹波蕩到官舍號呼誰復相聞知小園畜蟻防橘蠹（橘性甘多蠹南人畜蟻於園中蟻緣木食蠹雖鄰家柯葉相接而蟻不相遇亦一異耳）空庭養蜂收蜜脾讀書一生空自笑賣鹽竟日那復詞城中清溪可濯漱城上連峯堪幕帷十千薄俸聊足用魚多米賤憂無訾東坡居士最岑寂岌然深藪見狐羆坐隅止鵩偶成賦槃中食蔓時作詩憐君富貴可炙手一時出走羞窮酬澤傍憔悴凡幾歲胷中芥蔕無一毫江山別來今久矣不獨能言能畫之同朝執手不容久笑我野馬初受羈袖中短卷墨猶濕傍人笑指吾儕癡方

求農圃救病已年未用譏樊遲

次韻子瞻十一月旦日鎖院賜酒及燭

銅鐶玉鎖閉空堂腕脫初驚筆札忙紅燭逆憐風雪暗黃封微瀉桂椒香光明坐覺幽陰破温暖深知覆育長明日白麻傳好語曼聲微繞殿中央

送周正孺自考功郎中歸守梓潼兼簡呂元鈞三絕

白髮熙寧老諍臣凜然心膽大於身吾儕坐看馮唐去誰起雲中廢棄人

十年符竹守五州故吏相逢嘲土牛毋謂徐公不堪

用諸人自與世沉浮
東道如聞泥稍安乘驄按部凛生寒忽逢太守能相
下俱是從來言事官
雪中訪王定國感舊
昔游都城歲方除飛雪紛紛落花絮徑走城東求故
人馬蹄旋没無尋處翰林詞人呼巨源笑談通夜倒
清樽佳在城西不能返醉卧吉祥朝日暾相逢却説
十年事往事皆非隔生死惟有飛霙似昔時許君一
醉邪須起闌亭俛仰迹已陳黄公酒壚愁殺人君知
聚散翻覆手莫作吳楚乘朱輪

次韻王定國見贈

枯木無技不記年寒灰誰還強吹然南遷不折知非妄未老求閑愈覺賢屢出詩章新管籥偶開畫卷小山川簿書填委慙君甚擬去歸來粗了眠

王子雝龍圖挽詞

帝子乘鸞已列仙遺芳晋得衆孫賢俊科蚤與寒儒競禁從終償白髮年肇路聯鑣鶯徃事圃田回首泣新阡舊聞推歷知天命看孰黄梁定洒然

次韻李秀才來別子瞻仍謝惠馬

小床卧客笑元龍彈鋏無輿下舍中五馬不辭分後

乘輕裘初許弊諸公隨人射虎氣終在徒步白頭心
頗同遥想據鞍橫槊處新詩一一建安風

呂司空挽詞三首

少年輕富貴一意在詩書共恨經綸晚纔收老病餘
寡言知德勝善應本中虚卒相承平業謳歌元祐初

又

將相家聲近勲名晚歲隆給扶安舊德賜府壓羣公
不見彌縫迹空推翼戴功山公舊多可寒士泣清風

又

罷郡來清穎微官憶死丘頽垣那可住隱几若將休

復起民欣願全歸天不留世間反覆手有德竟無憂

公罷潁川退居於陳轍為陳幸官時請見焉

范蜀公挽詞三首

能言人盡爾有立世終稀憂國常先衆謀身亦勇歸見奇初或笑要極未應非僅似西山老終身止食薇

又

賦傳長卿久書奏鎛鍾新共歎文章手終爲禮樂人遺風滿臺閣好語落簪紳欲取褒雄比終非骨鯁臣

又

劒外東來日城西却住年高齋留寓宿旅食正蕭然

謂慨聞投石詩新看涌泉清樽寄苦淚一酒蕖墳前

范百嘉百歲昆仲挽詞二首

少年何敏銳才氣伏諸生展卷五行下揮毫萬字傾

百年殊未艾一病竟無歲誰謂從夫子同開鬱鬱城

又

季子尤髙爽顔家早哭回白頭生便爾黃壤遽相催

舊草誰收拾新松剩揷栽悲傷有伯氏諸子尚嬰孩

安厚卿樞密毋夫人挽詞二首

家起側微中身無富貴終慈仁本宜壽勤約自成風

大府寧居久名邦賜沐雄旹傳生子福仍指讀書功

又

早歲參戎幙開門對粉牆初聞夐兄弟共羨好姑章

一別飛騰速全歸福禄長遺芳在子舍它日望巖廊

題李公麟山莊圖二十首并叙

伯時作龍眠山莊圖由建德館至垂雲沜著録者十六處自西而東凡數里巖崿隱見泉源相屬山行者路窮於此道南溪山清深秀峙可游者有四曰勝金巖寶華巖陳彭漈鵲源以其不可緒見也故特著於後子瞻既爲之記又屬轍賦小詩凡二十章以繼摩詰輞川之作云

建德館

龍眠淥淨中微吟作雲雨幽人建德居知是清風主

墨禪堂

此心初無住每與物皆禪如何一丸墨舒卷化山川

華嚴堂

佛口如瀾翻初無一正定畫作正定看於何是佛性

雲薌閣

清溪便種稻秋晚連雲熟不待見新春西風薌自足

發眞塢

山開稍有路水放亦成川游人得所息眞意方澹然

薌茅館

山居少華麗牽茅結淨屋此間不受塵幽人亦新沐

瓔珞巖

泉流逢石鈌脉散成寳網水神瓔珞看山是如來想

棲雲室

石室空無主浮雲自去來人間春雨足歸意帶雷風

秘全庵

世道自破碎全理未嘗遺溪山亦何有求覺平日非

延華洞

共恨春不長逡巡就掔落一見洞中天真知世間惡

澄元谷

石門日不下潭鏡月長臨細細溪風渡相看識此心

雨花巖

巖花不可攀翔蘂久未墮忽下幽人前知予觀空坐

泠泠谷

層崖落飛泉微風泛喬水坐遣谷中人家家有琴筑

玉龍峽

白龍晝飲潭脩尾掛石壁幽人欲下看雨雹晴相射

觀音巖

倚崖開翠屏臨潭置苔石有所獨無人君心得未得

垂雲洪

木見垂雲洪其如歸與何路窮雙足熱爲我洗磐陁

勝金巖

躍馬步巖間巖前得平地肴蔬取行篚粗飽有餘味

寶華巖

團團寶華巖重重蔭珎木歸來得商周試衞溪邊緑

陳彭濼

蒼壁立精鐵縣泉瀉天紳山行見已久指與未來人

鵲源

溪深龜魚驕石瘦椿楠勁借子木蘭船寬我芒鞋病

四時皆記佁時所畫

將使契丹九日對酒懷子瞻兄并示坐中

黄華已向初旬見，白酒相攜九日嘗。頭少一枝心自覺，春同千粟味終長。蘭生庭下香時起，玉在人前坐亦凉。千里使胡須百日，霎將中子治書囊。

題王詵都尉設色山卷後

還君横卷空長歎，問我何年便退休。欲借巖阿著茅屋，還當溪口泊漁舟。經心蜀道雲生足，上馬胡天雪滿裘。萬里還朝徑歸去，江湖浩蕩一輕鷗。

次韻子瞻相送使胡

朔雪胡沙試此身青羅便面紫絲巾擁壇代北隨飛
鴈頓足江東有卧麟欺酒壺冰將送臘照溪梅蕚定
先春滿家五餌今方驗更愧當年歎息人

歐陽文忠公夫人挽詞二首

先生才蓋世家事少經心流落初相偶委虵志深
功名入圖史文字刻璆琳有助知由内鷄虞欲重吟

又

好禮忘耆老持家歷盛衰謹嚴終致一貧富各從宜
晩歲仍閑道臨終竟不疑外人傳一二猶得載銘詩

歐陽伯和仲純挽詞二首

之人雖益病對客每清言不信疾爲累要稱學有原蘧蒢視名器果蓏指乾坤長短何須問傳家已抱孫

又

仲氏氣無前爲文思湧泉飄然落筆地時出疾邪篇杙幹要經雪驊騮待著鞭淒涼悲故客不及見華顛

奉使契丹二十八首

次莫州通判劉涇韻二首

北國亦知岐有夷何嘗烽火報驚危擁爐絶漠聞嘉語緩帶臨邊出好詩約我一樽迎鬬歲待君三館已多時從今無事唯須飲文字聲名人自知

平世功名路甚夷不勞談說更騎危早年拭目看成
賦近日收心聞琢詩古錦屢開新得句彝銘万競苦
寒時南還欲向春風飲塞柳凋枯恐未知

贈知雄州王崇拯二首

趙北燕南古戰場何年千里作方塘煙波坐覺胡塵
遠皮幣遥知國計長勝處舊聞荷覆水此行猶及蟹
經霜使君約我南來飲人日河橋柳正黃生辰使例以人日迓

至雄州

城裏都無一寸閑城頭野水四汗漫興苟但對湖光
飲久病偏須酒令寬何氏滿膝布棋局李君智略走

珠槊應存父老猶能說有意功名未必難

贈右番趙侍郎

霜須顩我十年兄朔漠陪公萬里行騂馬貂裘寒自煖連牀龜息夜無聲同心便可忘苛禮異類猶應服至誠行役雖勞思慮少會看黎棗及春生

古北口道中呈同事二首　前一首呈趙侍郎　後一首呈一副使

獨卧繩牀已七年往來殊復少縈纏心游幽關烏飛處身在中原山盡邊深市朝回塵滿馬蜀江春近水序天柱將眼界疑心界不見中宵氣浩然

笑語相從正四人不須嗟歎久羣離又春黄菜過邊

郡賜火𦶜茶約細君目暖山蹊兮未雪寒生胡月夜
無雲明朝對飲思鄉嶺夷漢封疆自此分

絶句二首

亂山環合疑無路小徑縈回長傍溪髣髴夢中尋蜀
道興州東谷鳳州西
日色映山才到地雪花鋪草不曾消晴寒不及陰寒
重攬𩣡猶存未著貂

過楊無敵廟

行祠寂寞寄關門野草猶知避血痕一敗可憐非戰
罪太剛嗟獨畏人言馳驅本為中原用嘗享能令異

域尊我欲比君周子隱誅彤聊足忠寃

燕山

燕山如長虵千里恨夷漢首銜西山麓尾掛東海岸
中開哆箕畢末路牵一線却顧汝漠平南來獨飛鴈
居民異風氣自古習耕戰上論召公奭禮樂比姬旦
次稱望諸君術略亞褫管子丹號無策亦數游俠冠
割棄何人斯腥臊久不澣哀哉叢唐餘左衽今已半
王帛非足云子女罹蹈踐區區用戍索久爾縻郡縣
從來帝王師要在侮亡亂攻堅甚攻瑕乘瑕易水泮
中原但堂治敵勢要自變會當挽天河洗此生齒萬

趙君偶以微恙乘騾車而行戲贈二絕句

鄰國知公未可風雙騾併與兩輪紅他年出塞三千騎叶畫輛車也要公

高坐寬箱虎豹圈相逢燕市不相親忽聞中有京華語驚喜開簾笑殺人

會仙館二絕句

北嶂南屏恰四周西山微缺放溪流胡人置酒留連客頗識峯巒是勝游

嶺上西行雙石人臨溪照水久逡巡低頭似愧南來使君處雖高已失身

出山

燕疆不過古北闕連山漸少多平田奚人自作草屋住契丹駢車依水泉橐駝羊馬散川谷草枯水盡時一遷漢人何年被流徙衣服漸變存語言力耕分獲世爲客賦役看少聊偷安漢奚單弱契丹横目視漢使心凄然否臧竊位不傳子遺患燕薊逾百年仰傾呼天問何罪自恨遠祖從祿山（此皆燕人語也）

奚君（宅在中京南）

奚君五畝宅封户一成田故壘開都邑遺民雜漢編不知臣僕賤漫喜殺生權燕俗嗟猶在婚姻未許連

惠州傳聞南朝逃叛者多在其間

孤城千室閉重闉蒼莽平川絕四鄰漢使塵來空極目沙場雪重欲無春羞歸應有李都尉念舊可憐徐舍人會逐單于渭橋下歎呼齊拜屬車塵

神水館寄子瞻兄四絕十一月二十六日是日大風

少年病肺不禁寒命出中朝敢避難莫倚皂貂欺朔雪更催靈火煮鉛丹馬上作李若之守一法似有功

夜雨從來相對眠茲行萬里隔胡天試依北斗看南斗始覺吴山在目前

誰將家集過幽都逢見胡人問大蘇莫把文章動蠻

貊恐妨談笑卧江湖
虜延一意向中原言語綢繆禮亦虔顧我何功慙陸
賈櫜裝聊復助歸田

木棐山

奚田可耕鑿遼土直沙漠蓬棘不復生條幹何由作
兹山亦沙阜短短見叢薄氷霜葉隨盡鳥獸紛無託
乾坤信廣大一氣均美惡胡爲獨窮陋意似鄙夷落
民生亦復爾詬汙不知作君看齊魯間桑枯皆沃若
麥秋載萬箱蠶老簇十箔餘粱及狗彘衣被遍城郭
天工本何心地力不能傳遂令堯舜人獨不施禮樂

虜帳

虜帳冬住沙陀中索羊織葦稱行宫從官星散依冢阜氈廬窟室欺霜風舂粱煮雪安得飽擊兔射鹿夸強雄朝廷經畧窮海宇歲遺繒絮消頑凶我來致命適寒苦積雪向日堅不融聯翩歲旦有來使屈指已復過奚封禮成即日卷廬帳釣魚射鵝滄海東秋山既罷復來此往返歲歲如旋蓬彎弓射獵本天性拱手朝會愁心胷井心五餌墮吾術勢類畜馬游樊籠祥符聖人會天意至今燕趙常耕農爾曾飲食且謂得豈識圖覇光和戎

十日南歸馬上口占呈同事

南轅初喜去龍庭入塞猶須閱月行漢馬亦知歸意速朝暘已作故人迎經冬舞雪長相避匝指漸春旋復生想見雄州饋生菜菜盤酪粥任縱横

傷足

少年謬聞道直性寡所疑不知避險造次逢顛危中歲飽憂患進退每自持長存鄙夫計未免達士嗤前日使胡罷晝夜心南馳中塗氷塞川滉漾無津涯僕夫執轡前我心志止之馬駭足不禁拉然仆中抵異域非所息據鞍幾不支昔嘗誦捫蝨閏有乞食師

行乞遭毒刺痛劇侵肝脾念覺雖覺痛無痛痛覺知念極良有見遂與凡夫辭我今亦悟此先佛豈見欺但爾不即證欲往常遲遲咄哉後來心當與初心期

春日寄内

春到燕山氷亦消歸驂迎日喜嫖姚久行胡地生華髮初試東風脱弊貂插髻小幡應正爾點槃生菜爲誰挑附書勤掃東園雪到日青梅未滿條

渡桑乾

北渡桑乾氷欲結心畏窮廬三尺雪南渡桑乾風始和水開易氷應生波窮廬雪落我未到到時堅白如

磐陀會同出入凡十日腥羶酸薄不可食羊脩乳粥
差便人風隧沙場不宜客相構走馬渡桑乾旌旆一
返無由還胡人送客不忍去久安和好依中原年年
相送桑乾上欲話白溝一惆悵

送文太師致仕還洛三首

國老無心豈爲身五年朝謁戀簪紳元臣事業通三
世舊將威名服四鄰遍閱後生真有道欲談前事恐
無人比公惟有衮雲檜歲歲何妨雨露新

齊魯元勲古太師寂寥千載恐無之昔歸燮緇經邦
手復起還當問道時入謁何曾須掖侍到家依舊擁

旄麾孔公靈壽固應在秋晚香山訪佛祠

西都風物漢唐餘天作溪山養退居盈尺好花扶几杖拂天脩竹倚庭除白頭伴侶誰循徤率意壺飧夕巳疎公昔與司馬公同居洛下常与諸老為真率之會酒肴果蔬隨有而具我欲試求三畝宅從公它日賦歸歟先人昔游洛中有小築之意不肖常欲成就先志顧未暇耳

李公麟陽關圖二絶

百年摩詰陽關語二疊嘉榮意外聲誰遣伯時開縞素蕭條邊思坐中生

西出陽關萬里行彎弓走馬自忘生不堪未別一盃

酒長聽佳人泣渭城

學士院端午帖子二十七首

皇帝閤六首

溽暑避華構清風迎早朝楓槐高自舞氷雪曉初消

又

南訛初應曆五日未生陰靈藥收農録薰風拂舜琴

又

皇心本夷曠一氣自炎凉不廢荆吴舊民風見未央

又

九門已散秦醫藥百辟初頒凌室氷飲食祈君千萬

壽良辰更上辟兵綃
雨遲麥粒尤堅好日麗蠶絲轉細長入夏民間初解
愠宮中特舉萬年觴
汴上初無招屈亭沅湘近在國南坰太官漫解供新
糉諫列猶應記獨醒

太皇太后閤六首

決獄初迎雨開倉旋取陳青黄今接夏飢疫免憂春

又

簾密風時度宮深日倍長紵羅隨節賜黍麥趁新嘗

又

執熱寧忘濯清心自釋煩東朝聞好語畏日解餘暄

又

出磨玉壓除舊廩捧箱綵縷肴新絲一年豐樂今將半兩殿歡聲外得知

舟楫喧呼招蜑戶禽魚鼓舞放生中百官却拜臯夔賜卤去方知舜有功

玉殿清虛過暑天草廬煩促念民編外家近許遷新宅不遣司農費一錢

皇太后閣六首

壽康朝謁蚤長信燕閒多不有圖書樂其如晝漏何

又

玉宇宜朱戞壺氷生晚凉深心念行暍清夜又焚香

又

蠶宫罷採擷㬎室獻朱黃翕呷霜絖動闌班絲縷長

又

六宫無事著嬉游百藥初成及早收菖歜還羞十二
節椿年自占入千秋

萬壽仍縈長命縷虚心不著赤靈符民間風俗疑當
共天上清高定爾無

楊子江心瀉鏡龍波如細縠不搓風宫中驚捧秋天

月長照人心助至公

皇太妃閤五首

曉起鐘猶凝朝回露欲乾逡巡下清蹕委曲問平安

又

壓蔗出寒漿敲冰簇畫堂人間正袢暑天上絶清凉

又

九夏清齋奉至尊消除癘疫去無痕太醫爭獻天師艾瑞霧長縈堯母門

又

紈扇新裁氷雪餘清風不隔紵羅疎飛昇漫寫秦公子榮謝應憐漢婕妤

渺渺金河入禁坦漸臺雨過碧波翻共傳太液龍舟穩不似南方競渡喧

夫人閣四首

脩廈欺晴日重簾度細風羣仙不煩促長在廣寒宮

又

尋芳空茂木鬬草得幽蘭歌舞纖綺健嬉游玉佩珊

又

新賚青鈎稻米香旋抽獨繭薄羅光剩堆雕俎添崖蜜爭作輕衫薦壽觴

御溝迤邐細舞聲飛灑彤墀曉氣清開到石榴花欲

盡陰陰高柳一彈鳴

次韻門下劉侍郎直宿寄蘇左丞

雷雨連年起卧龍穆然臺閣有清風一時畫諾雖云

舊此日都俞本自公松竹經霜俱不改塩梅共與固

非同一篇和東西府六律更成十二宫

次韻張耒學士病中二首

一卧憐君三十朝呼醫仍苦禁城遥靈根自逐新陽

發病枿從經野火燒勿燥未須尋麴糵囊空誰與典

絺蕉何時匹馬隨街鼓睡起頻驚髀肉消

塵垢汗人朝復朝病中吟嘯夜方遥長空鴈過疑相

荅虛幌螢飛坐恐燒稍覺新霜試松竹未應寒雨敗梧蕉從來百鍊身如劒火滅重磨未遽銷

次韻張君病起二首

壯年得疾勢能支不廢霜螯左手持漸喜一杯晋好客未應五斗似當時口中舌在時聞句雪裏心安不問師去卧淮陽從病守功名他日許君期

老去生經廢不行鏡中白髮見空驚鮮將中氣通枯指易甚新陽發舊莖一悟少年難久恃不妨多病却長生文章繆忝推前輩服食從來亦強名

欒城集卷第十六

欒城集卷第十七

賦八首

巫山賦

過瞿唐之長江兮蔚巫山之嵳峩雲孤興其勃勃兮北風慨其揚波山嶔崟而直上兮越至神女之所家峯連屬以十二兮其九可見而三不知蹊遂蕪滅而不可陟兮玄猨黃鵠四顧而鳴悲覽松栢之青青兮紛其若江上之菰蒲維其大之不可知兮有梚雲之脩柯蔓草蒙茸以下翳兮飛泉潔清而無沙亭亭孤峯其下蘙木交錯而不明兮若有美人慘然而長嗟

歛手危立以右顧兮舒目遠望怳然而有所懷儼峨
峨其有禮兮盛服寂寞而無譁臨萬仞之絶嶮兮獨
立千載而不下顛追懷楚襄之放意肆志兮泝江千
里而遠來離國去俗兮徘徊而不能歸悲神女之不
可以朝求而夕見兮想遊步之逶遲築陽臺於江于
兮相氛氣之參差惟神女之不可以求得兮此其所
以爲神湛洋洋其無心兮豈其猶有懷乎世之人朝
雲蔚其晨興兮暮雨紛以下注變化倏忽不可測兮
俄爲鳥而騰去忽然而爲人兮佩王鏘以琅琅愛江
流之清波兮安燕處乎高唐彼蛟龍之多智兮尚不

可執以罝罩髙丘深其蒼蒼兮恍誰識其有無

屈原廟賦

淒凉兮秭歸寂寞兮屈氏楚之孫兮原之子伉直遠兮復誰似宛有廟兮江之浦予來斯兮酌以酹吁嗟神兮生何喜九疑陰兮湘之渓鼓桂楫兮蘭爲舟儐中流兮風鳴厲忽自溺兮嘖何求野莽莽兮舜之丘舜之墻兮繚九周中有長蛟兮可駕以遊揉玉以爲輪兮斵冰以爲之軸伯翳俯以御馬兮皋陶爲予參乘憭然愍子之強死兮泫然涕下而不禁道予以登夫重丘兮紛古人其若林悟伯夷以太息兮焦衍爲

予而歔欷古固有是兮予又何怪乎當今獨有謂予之不然兮夫豈鄉下之展禽彼其所處之不同兮又安可以謗予拘關而管析兮余豈貴以必死宗國鄭而不救兮夫予合是安去予將質以重華兮蹇將語而出涕予豈如彼婦兮夫不仁而出訴慘默默予何言兮使重華之自爲處予惟樂夫遜讓兮坦平夷而無憂物而從之遊兮顧予使予昌言言出而無忌兮旅還後而燕安嗟平生之所好兮旣死而後能然彼鄉之人兮孰知予此歡忽反顧以千載兮胃故宮之頹垣

缸硯賦并叙

先蜀之老有姓滕者能以藥煑瓦石使軟可割如土嘗以破釀酒缸爲硯極美蜀人往往得之以爲異物余兄子瞻嘗遊益州有以其一遺之子瞻以授余因爲之賦

有物於此行墝而足覆大胷而大膺俯首而箕其壽百年骨肉破碎而獨化爲是其始也生乎頑泥之中其成也出乎烈火之下尾鋭而腹皤長頸而巨口餔糟啜酒終日醉飽外堅中虛膚密理解偶與物鬭脅漏內秏棄於路隅瓦礫所汶忽然逢人藥石包裹

不我謂瑕治以惟淮烹煎不辭斧鑿見剖一爲我形沃我以水汙我以煤處我以几予既博物之識已否客曰嗟夫物之成也則必固有毀也邪物之毀也則又不可謂無也邪既成而毀者悲其棄也既棄而復用者又悲其用也是亦大惑而已矣且以予觀之昔子則非闢口而受濕洳辛含酸而不得守予之性者邪今予則非坦腹而受汚模糊彌漫而不得保子之正者邪且其飲子以水也不若飲子以酒以物汙予也不若使子自保子果以此自悲也則亦不見夫諸毛之捽拔諸楮之爛靡殺身自鬻求效於此吐詞如

雲傳示萬世子不自喜而欲其故則吾亦謂子惡名而喜利棄溪而嗜羙終身陷溺而不知止者可足悲矣

登真興寺樓賦

季夏六月予瞻與張戸曹琥同遊真興寺晚登寺後重閣南望連山如畫山前有白鷺十數杳杳飛去東南望五丈原原上有白雲如覆釜慨然思孔明之遺迹作書與轍曰可以賦此賦曰

涉六月之徂暑兮遡秦川而遠望樓憑高而蘧蘧兮曰將薄乎西方牛羊相從而下來兮孤煙特起於蒼

茫南望連山之參差兮奔走相屬而騰驤桀業峨其雄高兮惟惟白與終南林阜蔚以扶拱兮浩合沓而穰穰若群馬之相追逐兮忽鬱怒而狂章駢交首以磨頸兮紛絶馳於四方日將入而山陰兮天黝黝而茫茫淡平雲之凝碧兮白鷺歸以翱翔梟褭其彌遠兮聲斷絶而復揚聊將没而猶見兮飄若仙人之不可望曠群歸於何所兮徂南澗之泱泱回東望夫脩隊兮隱高原曰五丈思古人而不可見兮漭橫流以浪浪雲坱軋其不起兮若覆釜而在上嗟一日之所見兮蓋千變以異狀忽已去而莫執兮夫豈勝乎追

想強馳詞於千里兮增與日之惆悵維古事之亦然兮偶一世之所向非有意於求慕兮徒今世之追賞雖孔明其何益於五丈兮使無廢其忘亮覽川原而思古兮况亡兮之遺靚

超然臺賦并敘

予將既迎守餘杭三年不得代以轍之在濟南也求爲東州守既得請高密其地介於淮海之間風俗朴陋四方賓客不至受命之歲承大旱之餘孽驅除蝗蝗逐捕盜賊廩卹飢饉日不遑給幾年而後少安顧居處隱陋無以自放乃因其城上之廢

臺而增葺之日與其僚覽其山川而樂之以告轍曰此將何以名之轍曰今夫山居者知山林居者知林耕者知原漁者知澤安於其所而已其樂不相及也而臺則盡之天下之士奔走於是非之場浮沉於榮辱之海囂然盡力而忘反亦莫自知也而達者哀之二者非以其超然不累於物故邪老子曰雖有榮觀燕處超然嘗試以超然命之可乎因爲之賦以告曰

東海之濱日氣所先巋高臺之陵空兮溢晨景之絜鮮華氛翳之收霽兮逮朋友之燕閒舒堙鬱以延望

兮放遠目於山川設金罍與玉斝兮清醪潔其如泉
奏絲竹之憤怨兮聲激越而眇緜下仰望而不聞兮
徵風過而激天曾陟降之幾何兮棄溷濁乎人間倚
軒楹以長嘯兮袂輕舉而飛翻極千里於一瞬兮寄
無盡於雲煙前陵阜之洶湧兮後平野之漾漫喬木
蔚其蓁蓁兮興亡忽乎滿前懷故國於天末兮限東
西之險艱飛鴻往而莫及兮落日耿其夕曬嗟人生
之漂搖兮寄流枿於海壖苟所遇而皆得兮遑既擇
而後安彼世俗之私己兮每自予於曲全中變潰而
失故兮有驚悼而汍瀾誠建觀之無不可兮又何有

於憂患顛躓之迫隘兮常勤苦以終年盍求樂於一醉兮滅膏火之焚煎雖晝日其猶未足兮俟明月乎林端紛既醉而相命兮霜凝磴而跰躃馬躑躅而號鳴兮左右翼而不能鞍各雲散於城邑兮徂清夜之既闌惟所往而樂易兮此其所以爲超然者邪

服茯苓賦 并叙

余少而多病夏則脾不勝食秋則肺不勝寒治肺則病脾治脾則病肺平居服藥殆不復能愈年三十有二官於宛丘或憐而受之以道士服氣法行之朞年二疾良愈蓋自是始有意養生之説晚讀

抱朴子書言服氣與草木之藥皆不能致長生古神仙真人皆服金丹以爲草木之性埋之則腐煑之則爛燒之則焦不能自生而況能生人乎余旣汨没世俗意金丹不可得也則試求之草木之類寒暑不能移歲月不能敗者惟松栢爲然古書言松脂流入地下爲茯苓茯苓又千歲則爲琥珀雖非金石而其能自完也亦久矣於是求之名山脊而淪之去其脉絡而取其精華庶幾可以固形養氣延年而郤老者因爲之賦以道之詞曰

春而榮夏而茂憔悴乎風霜之前摧折乎氷雪之後

陰寒暑以同化委糞壤而蕪朽茲固百草之微細與衆木之凡陋雖復效骨革於刀几盡性命於杵臼鮮急難於俄頃破奇邪於邂逅然皆受命淺薄與時變遷朝菌無日蟪蛄無年苟自救之不暇矧他人之足延乃欲擷根莖之幺末假與味以登仙是猶託疲牛於千里駕鳴鴆而升天則亦辛勤於澗谷之底槁死於峯崖之巔顧槃桓以竊歎意神仙之不然者矣若夫南澗之松拔地千尺皮厚犀兕心堅鐵石鬚髮不改蒼然獨立流膏液於黃泉乘陰陽而固結象鳥獸之蹲伏類龜蛇之閉蟄外黝黑以鱗皴中絜白而純

容上灌莽之不犯下螻蟻之莫賊經歷千歲化爲琥珀受雨露以彌堅與日月而終畢故能安魂魄而定心志却五味與穀粒追赤松於古上以百歲爲一息顏如處子綠髮方目神止氣定浮遊自得然後乘天地之正御六氣之辨以遊夫無窮夫又何求而何食

墨竹賦

與可以墨爲竹視之良竹也客見而驚焉曰今夫受命於天賦刑於地涵濡雨露振蕩風氣春而萌芽夏而解弛散柯布華凄冬而遂性剛絜而疎直姿嬋娟以閑媚涉寒暑之徂變傲氷雪之凌厲均一氣於草

木嗟壤同而性異信物生之自然雖造化其能使令子研青松之煤運脫兎之毫畢覩牆堵振灑縛綃須臾而成鬱乎蕭騷曲直橫斜穠纖庳高竊造物之潛思賦生意於崇朝子豈誠有道者耶與可聽然而笑曰夫子之所好者道也放乎竹矣始予隱乎崇山之陽廬乎脩竹之林視聽漠然無槩乎予心朝與竹乎爲游莫與竹乎爲朋飲食乎竹間偃息乎竹陰觀竹之變也多矣若夫風止雨霽山空日出猗猗其長森乎滿谷葉如翠羽筠如蒼玉澹乎自持凄兮欲滴蟬鳴鳥噪人響寂歷忽依風而長嘯眇掩冉以終日笋

含籜而將墜根得土而横逸絶澗谷而蔓延散子孫乎千億至若藜薄之餘斤斧所施山石犖埆荆棘生之蹇將抽而莫達紛餒折而猶擀氣雖傷而益壯身以病而增奇淒風號怒乎隙穴飛雪凝沍乎陂池悲衆木之無賴雖百圍而莫支猶彼蒼然於既寒之後凜乎無可憐之姿追松柏以自儷竊仁人之所爲此則竹之所以爲竹也始也余見而悦之今也悦之而不自知也忽乎忘筆之在手與紙之在前勃然而興而脩竹森然雖天造之無朕亦何以異於茲焉客曰蓋予聞之庖丁解牛者也而養生者取之輪扁斲輪

者也而讀書者與之萬物一理也其所從爲之者與
爾況夫夫子之託於斯竹也而子以爲有道者則非
耶與可曰唯唯

樓賦 黄

熙寧十年秋七月乙丑河決於澶淵東流入鉅野
北溢于濟南溢于泗八月戊戌水及彭城下余兄
子瞻適爲彭城守水未至使民具畚鍤畜土石積
芻茭完窒隙穴以爲水備故水至而民不恐自戊
戌至九月戊申水及城下有二丈八尺塞東西北
門水皆自城際山雨晝夜不止子瞻衣製履襪廬

於城上調急夫發禁卒以從事令民無得竊出避水以身帥之與城存亡故水大至而民不潰方水之淫也汗漫千餘里漂廬舍敗冢墓老弱蔽川而下壯者狂走無所得食槁死於丘陵林木之上子瞻使習水者浮舟檝載糗餌以濟之得脫者無數水既涸朝廷方塞澶淵未暇及徐子瞻曰澶淵誠塞徐則無害塞不塞天也不可使徐人重被其患乃請增築徐城相水之衝以木堤捍之水雖復至不能以病徐也故水既去而民益親於是即城之東門爲大樓焉堊以黄土曰土實勝水徐人相勸

成之轍方從事於將宋登黃樓覽觀山川弔水之
遺迹乃作黃樓之賦其詞曰
子瞻與客遊於黃樓之上客仰而望俯而歎曰噫嘻
殆哉在漢元光河決瓠子騰蹙鉅野衍溢淮泗梁楚
受害二十餘歲下者爲汙澤上者爲沮洳民爲魚鼈
郡縣無所天子封祀太山徜徉東方哀民之無辜流
死不藏使公卿負薪以塞宣房瓠子之歌至今傷之
嗟惟此邦俯仰千載河東傾而南洩蹈漢世之遺害
包原隰而爲一窺吾墉之摧敗呂梁齟齬橫絕乎其前
四山連屬合圍乎其外水洄洑而不進環孤城以爲

海舞魚龍於瑝壑閟帆檣於聑聰方飄風之迅發震鞞鼓之驚駭誠蟻穴之不救分閭閻之横潰幸冬日之既迫水泉縮以自退棲流梓於喬木遺枯蚌於水裔聽澶淵之奏功非天意吾詎賴今我與公冠冕裳衣設几布筵斗酒相屬飲酣樂作開口而笑夫豈偶然也哉子瞻曰今夫安於樂者不知樂之爲樂也必涉於害者而後知之吾嘗與子馮兹樓而四顧覽天宇之宏大繚青山以爲城引長河而爲帶平臯衍其如席桑麻蔚乎旆旆畫阡陌之從横分園廬之向背放田漁於江浦散牛羊於煙際清風時起微雲霮䨴

山川開闔蒼莽十里東望則連山參差與水皆馳羣
石傾奔絶流而西百步湧波舟楫紛披魚鼈顛沛没
人所嬉聲崩震雷城堞爲危南望則戲馬之臺巨佛
之峯巋乎特起下窺城中樓觀翺翔嵬峨相重激水
既平眇莽浮空騈洲接浦下與淮通西望則山斷爲
玦傷心極目麥熟禾秀離離滿隰飛鴻群往白鳥孤
没横煙澹瀰俯見落日北望則泗水㴑漫古汴入焉
匯爲濤淵蛟龍所蟠古木蔽空烏鳥號呼賈客連檣
聯絡城隅送夕陽之西盡導明月之東出金鉦湧於
青嶂陰氣爲之辟易窺人寰而直上委餘彩於沙磧

激飛楹而入戶使人體寒而戰栗息洶洶於羣動聽
川流之蕩潏可以起舞相命一飲千石遺棄憂患超
然自得且子獨不見夫昔之居此者乎前則項籍劉
戊後則光弼建封戰馬成羣猛士成林振臂長嘯風
動雲興朱閣青樓舞女歌童勢窮力竭化爲虛空山
高水深草生故墟蓋將問其遺老既已灰滅而無餘
矣故吾將與子弔古人之既逝閔河決於疇昔知變
化之無在付杯酒以終日於是衆客釋然而笑頹然
就醉河傾月墮攜扶而出

欒城集卷第十七

欒城集卷第十八

辭五首

御風辭題鄭州列子祠

子列子行御風，風起蓬蓬，朝發於東海之上，夕散於西海之中。其徐泠然，其怒勃然，衝擊隙穴，震蕩宇宙，披拂草木，奮厲江海，強者必折，弱者必從，俄而休息，天地肅然，塵壒皆盡。欲執而視之不可得也，蓋歸於空。今夫子晝無以食，夜無以寢，鄰里忽之，弟子疑之，則亦鄭東野之窮人也，然而徐行不見，徒步疾行不見車馬，與風皆逝，與風皆止，旬有五日而後反。此亦何功也哉子列子曰嘻子獨不見夫衆人乎貧者葦蒲以爲屨斲梛以爲屐富者伐檀以爲輻絭駟以爲服因物之自然以致千里此與吾初無異也而何謂不同乎苟非其理屨屐足以折趾車馬足以毁體萬物皆不可御也而何獨風乎昔吾處乎蓬蓽之間止如枯株動如槁葉居無所留而往無所從也有風瑟然拂吾廬而上𢹂衣從之一高一下一西一東前有飛鳶後有遊鴻雲行如川奕奕溶溶陰陽變化顛倒攢從不脉海嶽晃蕩青紅蓋雜陳於吾前者不可勝窮也而吾方黜聰明遺心胷足不知所履手不知所

馮澹乎與風爲一故風不知有我而吾不知有風也蓋兩無所有譬如風中之飛蓬耳超然而上薄乎雲霄而不以爲喜也拉然而下隕乎坎井而以爲凶也夫是以風可得而御矣今子以子爲我立乎大風之隧凜乎恐其不能勝也蹙乎恐其不能容也手將執而畱之足將騰而踐之目眩耀而憂墜耳洶湧而知畏紛然自營子不自安而風始不安子躬矣子輕如鴻毛彼將以爲千石之鍾子細如一指彼將以爲十仞之墉非傾而覆之拔而投之不厭也況欲與之逍遥翱翔放於大空乎子雖蹈后土而倚嵩華亦將有

時而窮矣古之至人入水而不濡入火而不熱苟爲
無心物莫吾攻也而獨疑於風乎於是客起而歎曰
廣矣大矣子之道也吾未能充之矣風未可乘姑乘
傳而東乎

上清辭 剛峯在太白山下作

帝蕩蕩其無尊兮居深高乎九閽顧后土之茫昧兮
若世人之觀天霿冥冥其無見兮曰其下維神姦山
重深而海廣兮憂百鬼之傷人屬神媼以九土兮畀
海若以九川時節降以督視兮下斗鬼之神君吁嗟
君兮吾不可得而訊也庸使我待之人兮其使我以

爲神也朝求兮山顛夕采兮澗溪取荷華兮菱實拾
兮蘭兮白芷鹿伎伎兮來置魚揖揖兮趨餌秋風高
而稻熟兮寒泉冽其清泚爲酒醴以跪酌兮斷白茅
而爲委蛇天上其何食兮畏神君之不吾以進屛息
以薦恪兮退俯傴而仰俟爲善得福兮畀惡以死恐
懼受賜兮怠傲獲罪玉食有不享兮會潢汙蕨薇之
不棄謂神君之不可知兮何好惡之吾以跨脩龍之
百尋兮騰怒髮而上指從千騎之飄忽兮拂長劍其
天倚殞星映於太極兮霍雲散而風靡還祕殿之清
深兮目流電其不可仰視望威神而股栗兮知其中

之人耳致吾有以薦誠兮庶其可得而祀也

楊樂道龍圖哀辭并敘

嘉祐五年三月轍始以選人至流內銓是時楊公樂道以天章閣待制調銓之官吏見予於稠人中曰聞子求舉直言若必無人敢願得備數轍曰唯既而至其家一見坐語如舊相識明年予登制科公以諫官爲考官祕閣又明年四月公薨方其病也予見於其寢莫然無言曰死矣將以寂滅爲樂蓋予之識公始三歲矣三歲之中不過數十見公齒甚長予甚少公已貴予方貧賤見之輒歡樂笑

語終日不厭釋然忘其老且貴也
相與痛惜其不幸而予又竊有以私懷之公本河
東人家世將家有功於國公始以文詞得官其後
將兵南方與蠻戰亦有功其爲將能與士卒均勞
苦飲食比其最下者而軍行常慮其先以此得其
死力常學李靖兵法知其出入變化之節其稱曰
今之人才不及古人多將輙爲所昏嘗於南方以
數千卒自試自度可以復益數千人而不亂然公
之與人謹畏循循無所迕平居遇小事若不能次
人皆惜其能將以破賊疑其無以處之不知其中

有甚勇者人不及也蓋其謹畏循循者所以爲勇而人莫知之卒時年五十有六素病瘦甚羸然平居讀書勤苦過於少年好爲詩喜大書皆可愛有子一人生始二歲將卒名之曰祖仁既卒家無遺財以故衣歛仰於官及其友人以葬以克養其家將以七月葬于洛陽五月其家以其柩歸作哀辭以遺其紼者歌之辭曰

嗟夫楊公歸來兮洛之上其土厚且温生年五十六有子以祭兮何慕而不若人天子憐爾贈金孔多兮家可以不貧平生不爲惡死而有遺愛兮雖亡則存

家本將家有功而不墜兮配祖以孫爲人至此非有不足兮可以無憾而人爲悲辛嗟夫楊公歸來兮家有弱子恃爾神

劉凝之屯田哀辭并叙

元豐三年九月辛未廬山隱居劉凝之卒于山之陽其孫格書來赴曰君昔知吾兄既又識吾父今不幸至於大故其爲詩使挽者歌之以厚其葬十月乙酉葬于清泉鄉書不時至緩不及事乃哭而爲之辭始于自蜀遊京師識凝之長子恕道原博學強識能通三墳五典春秋戰國歷代史記下至

五代分裂皆能言其治亂得失紀其歲月辨其氏
族而正其同異上下數千歲如指諸左右其爲人
剛中少容是是非非未嘗以語假人人多疾之翰
林學士司馬公方受詔紬書東觀以君爲屬公以
直名當世而君尤甚雖公亦嚴憚之士知君者曰
君非獨然君父凝之始以剛直不容於世俗棄官
而歸老於廬山二十年矣君亦非久於此者也既
而君得請以歸養其親三年得疾不起今年春予
以罪謫高安過君之廬傷君之不復見拜凝之於
牀下其容睟然以温其言肅然以厲環堵蕭然饘

粥以爲食而遊心塵垢之外超然無慼慼之意凛乎其非今世之上也然予之見凝之始得道士法郤五穀煮棗以爲食氣清而色和及其没也晨起衣冠言語如平時無疾而終予然後知君父子皆有道者然道原一斥不用遂往而不能返凝之隱居絶俗三十餘年神益疆氣益堅盡其天年物莫能傷其清則同而其擴達自遂道原不及也辭曰

伯夷之清百世而一人兮其生也薇以爲食餓死於首陽世之士謂清不可爲兮計較得失以和爲臧信和之可以浮沉而自免兮彼爲和者何三黜之皇皇

日爲道者不與命謀兮非和實得非清實喪若凝之爲父與原之爲子兮絜廉不撓冰清而玉剛如世之言當皆折兮原何獨短凝何獨長要長短之不可以命人兮適天命之不可常惟溷濁之不可居而絜之難久兮吾將與凝乎同鄉

鮮于子駿諫議哀辭 并敘

中山鮮于子駿弱冠而仕老而不得志買田於陽翟蓋將終焉元祐元年始召爲諫議大夫朝廷以得人相慶而子駿亦不敢以老爲辭意將有所建焉居數月得足疾不能造朝即自引去得請淮陽

未幾以不起聞士之識與不識皆爲之出涕夫死生得喪非子駿之憂而有志不獲爲可悲也子駿於書無所不讀而善爲文晚節爲楚詞得古之遺思其文與蜀郡文與可相上下與可没將十年而子駿亡蜀人皆悲思之其子頡求予爲挽歌作楚辭以授之以爲子駿之意也

登嵩高兮捫天涉清穎兮波瀾中休息兮故韓有美人兮來居曳佩玉兮長裾內諒直兮外脩車還軫兮莫子晋築室兮疏流植榦兮蒔芳雪積兮中谷曰予俟兮春暘春風至兮百鳥鳴於高木兮雨亦晴鳴一

再兮驚人時不予兮徂征美人兮駕長離來逡巡兮
徙奔馳命不可兮柰何號帝閽兮訴予予蟜木蘭兮
茹紫芝子飲石泉兮濯流波不安食兮裴回莫之飽
兮不飢游於斯兮伏斯命有盡兮孰遣心不滅兮亭
亭倚嵩少兮長欷

詩二首

太白山祈雨詞 同子瞻作

田漫漫耕挹挹扳陳草生九穀人功盡雨則遺苗不
穗莩不米哀將飢兮

山巖巖鎮南西嗟我民匪神依伐山木藝稷黍求旣

多訴不巳廼我許兮
山爲灰石爲炭水泉沸百草爛神予我旱奪之孰爲
是驕不威尚可弛兮
雷馮空雨騰淵誅孽妖反豐年顛千里瞬三日神在
堂龍爲役是何惜兮
雨既止百穀復築場壤治囷廩爲酒醴伐豚羔舞長
袖擊鳴鼉罪以報兮

舜泉詩并叙

始余在京師游宦貧困思歸而不能聞濟南多甘
泉流水被道蒲魚之利與東南比東方之人多稱

之會其郡從事關求而得之既至大旱幾歲赤地千里渠存而水亡問之其人曰城南舜祠有二泉今竭矣越明年夏雖兩而泉不作人相與驚曰舜其不復享耶又明年夏大雨霖麥禾荐登泉始復發民讙曰舜其尚顧我哉泉之始發瀦爲二池釃爲石渠自東南流於西北無不被馬灌濯播灑蒲蓮魚鼈其利滋大因爲詩使祠者歌之詩曰

歷山嵓嵓虞舜宅焉虞舜徂矣其神在天其德在人其物在泉神不可親德用不知有洌斯泉下民是祇泉流無疆有求我思源發于山施于北河播于中逵

匯爲澄波有鼈與魚有菱與荷蘊毒是洩汙濁以流埃壒消亡風火滅伐蘩木敷榮勞者所休誰爲旱災靡物不傷天地耗竭泉亦淪亡民咸不寧日不享耶時雨旣澍百穀旣登有流泫然瀰坎而升溝洫滿盈鰕黿沸騰匪泉實來帝實顧余執其羔豚蘋藻是薦帝今在堂泉復如初

銘二首

彭城漢祖廟試劒石銘

漢高皇帝廟有石高三尺六寸中裂如破竹不書者寸父老曰此帝試劒石也熙寧十年蜀人蘇軾

爲彭城守弟轍實從入廟觀石而爲之銘曰
維漢之興三代無有提劍一呼豪傑奔走厥初自試
山石爲剖夜斷長蛇旦泣神母指麾東西秦項授首
欽然三尺一夫之偶大人將之山嶽頹仆用巨物靈
不復凡手武庫焚蕩帝命下取巋然斯石不尚有舊

鳳味石硯銘

北苑茶冠天下歲貢龍鳳團不得鳳凰山味潭水
則不成潭中石蒼黑堅緻如玉以爲研與筆墨宜
世初莫知也熙寧中太原王頥始發其妙吾兒子
瞻始名之然石性薄厚者不及寸最後得此長博

豐碩蓋石之傑子瞻方爲易傳日劾於前與有功焉爲之銘曰

陶土塗鑿崖石玄之竈積之賊涵清泉幽重谷聲如銅色如鐵性滑堅善凝墨棄不取長歎息招伏羲揖西伯發秘藏與有力非相待誰爲出

頌二首

筠州聰禪師得法頌并敘

禪師聰公昔以講誦爲業晚游淨慈本師之室誦南嶽思大本和尚口吞三世諸佛語迷悶不能入一日爲本燒香本曰吾疇昔爲汝作夢甚異汝不

悟即死不可不勉師茫然不知所謂既而禮僧伽像醒然有覺知三世可吞無疑也遡往告本本曰向吾夢汝吞一世界一剃刀汝今日始從迷悟是始出家真吾子也乃擊皷升座爲衆說此事聰作禮涕泣而罷聰住高安聖壽禪院予嘗從之問道聰曰吾師本公未嘗以道告人皆聽其自悟今吾亦無以告子予從不告門久而入道乃爲頌曰

道不可告告即不得以不告告是眞告救香嚴辭去得之瓦礫臨濟不喻至愚而悉非愚非瓦皆汝之力有不至此是非出家夢吞剃刀髮落如花遊行四方

物莫能遮終亦不告獨障其邪弟子度者如恒河沙

等軒頌

南豐張君家有等軒問我何者是平等法我告張君物之不齊何所不有長短大小净穢好醜雜然首陳參差不等亂我身心耳目鼻口欲求平等了不可得忽然覺知身心本空萬物亦空諸差別相皆是虛妄無有失性孰爲不等等爲一空尚無平等何處復有不平等者遍觀萬物無等不等是謂真實平等法已

欒城集卷第十八

欒城集卷第十九

新論三首

新論上

古之君子因天下之治以安其成功因天下之亂以濟其所不足不誣治以爲亂不援亂以爲治援亂以爲治是愚其君也誣治以爲亂是脅其君也愚君脅君是君子之所不忍而世俗之所僥倖也故莫若言天下之誠勢請言當今之勢當今天下之事治而不至於安亂而不至於危紀綱粗立而不舉無急變而有緩病此天下之所共知而不可欺者也然而世之

言事者爲大則曰無亂爲異則曰有變以爲無亂則可以無所復爲以爲有變則其勢常至於更制是二者皆非今世之忠言至計也今世之弊患在欲治天下而不立爲治之地夫有意於爲治而無其地譬猶欲耕而無其田欲賈而無其財雖有鉏耰車馬精心強力而無所施之故古之聖人將治天下常先爲其所無有而補其所不足使天下凡可以無患而後備祥翺翔惟其所欲爲而無所不可此所謂爲治之地也爲治之地既立然後從其所有而施之植之以禾而生禾播之以菽而生菽藝之以松栢梧檟藂莽樸

檄無不盛茂而如意是故施之以仁義動之以禮樂安而受之而爲王齊之以刑法作之以信義安而受之而爲霸督之以勸儉厲之以勇力安而受之而爲強國其下有其地而無以施之而猶得以安存最下者抱其所有倀倀然無地而施之撫左而右動鎮前而後起不得以安全而救患之不給故夫王霸之略富強之利是爲治之具而非爲治之地也有其地而無其具其弊不過於無功有其具而無其地吾不知其所以用之昔之君子惟其才之不同故其成功不齊然其能有立於世未始不先爲其地也古者伏羲

神農黄帝既有天下則建其父子立其君臣正其夫婦聯其兄弟殖之五種服牛乘馬作爲宮室衣服器械以利天下天下之人生有以養死有以葬歡樂有以相愛哀感有以相弔而後伏羲神農黄帝之道得行於其間凡今世之所謂長幼之節生養之道者是上古爲治之地也至於堯舜三代之君皆因其所關而特補之故堯命羲和曆日月以授民時舜命禹平水土以定民居命益驅鳥獸以安民生命棄播百穀以濟民飢三代之間治其井田溝洫步畝之法比閭族黨州鄉之制夫家卒乘車馬之數冠昏喪祭之節

歲時交會之禮養生除害之術所以利安其人者凡皆已定而後施其聖人之德是故施之而無所齟齬舉今周官三百六十人之所治者皆其所以爲治之迹而聖人之德不與也故周之衰也其詩曰雖無老成人尚有典刑由此言之幽厲之際天下亂矣而文武之法猶在也文武之法猶在而天下不免於亂則幽厲之所以施之者不仁也施之者不仁而遺法尚在故天下雖亂而不至於遂亡及其甚也法度大壞欲爲治者無容足之地泛泛乎如乘舟無楫而浮乎江湖幸而無振風之憂則悠然唯水之所漂東西南

此非吾心也不幸而遇風則覆沒而不能止故三季
之極衆之以暴君加之以虐政則天下塗地而莫之
救然世之賢人起於亂亡之中將以治其國家亦必
於此焉先之齊桓用管仲辨四民之業連五家之兵
卒伍整於里軍旅整於郊相地而征川澤各致其時
陵阜陸墐各均其宜邑鄉縣屬各立其正舉齊國之
地如畫一之可數於是北伐山戎南伐楚九合諸侯
存邢衛定魯之社稷西尊周室施義於天下天下稱
伯晉文反國屬其百官賦職任功輕關易道通商寬
農懋穡勸分省財足用利器明德舉善援能政平民

阜財用不匱然後入定襄王救宋衛大敗荆人於城濮追齊桓之烈天下稱之曰二伯其後子産用之於鄭大夫種用之於越商鞅用之於秦諸葛孔明用之於蜀王猛用之於苻堅而其國皆以富強是數人者雖其所施之不同而其所以爲地者一也夫惟其所以爲地者一也故其國皆以安存惟其所施之不同故王霸之不齊長短之不一是二者不可不察也當今之世無惑乎天下之不躋於大治而亦不陷於大乱也祖宗之法具存而不舉百姓之患畧備而未極賢人君子不知尤其地之不立而罪其所施之不當

種之不生而不知其無容種之地也是亦大惑而已矣且夫其不躋於大治與不陷於大乱是在治乱之間也徘徊傍徨於治亂之間而不能自立雖授之以賢才無所爲用不幸而加之以不肖天下遂敗而不可治故曰莫若先立其地其地立而天下定矣

新論中

治國而爲其地非聖人而後然也古之君子莫不皆然而其不然者則僅存之國也人之治其家也其最上者爲虞舜其次爲曾閔而其次猶得爲天下之良人其下者乃有不慈不孝置其不慈不孝蓋自其得

爲良人以上至於爲舜其所以治其身上以事其父母下以化服其妻子者不同而其所以爲主者子耕于田婦織于室養其雞豚殖其菜茹無失其時以養生送死雖舜與天下之良人均也舜而不然不得以爲舜天下之人不然不得以爲良人何者是亦治家之卌焉耳而至於爲國而豈獨無之昔者文王之治岐也耕者九一故周公因之以爲步畝溝洫之制何者其所因者治世之成法也孔子之治魯也魯人獵較孔子亦獵較何者其所因者衰世之餘制也當戰國之強諸侯無道然孟子亦以爲有王者起今之諸

侯不可盡誅惟教之不改而後誅之故漢之興也因秦之故而不害其爲漢唐之興也因隋之故而不害其爲唐由是觀之則夫享國之長短致化之薄厚其地能容之而不能使之也地不能使之長短薄厚然長不得地則無所效其長厚不得地則無所致其厚故夫有地而可以容有所爲者舉而就之可也當今之世祖宗之法或共存而不舉或簡略而不備具存而不舉是有地而不耕也簡略而不備是地有所廢缺而不完也欲築室者先治其基基完以平而後加石木焉故其爲室也堅今之治天下則不然蓋嘗論

之自五代以來強臣專國則天下震動而易亂自吾
祖宗削而漸磨之則今世可以粗安凡今世之所恃
以爲安者惟無強臣而已然恃其一之粗安也而盡
忘其餘故嘗以爲當今天下有三不立由三不立故
百患並起而百善並廢何者天下之吏媮墮苟且不
治其事事日已敗而上不知使是一不立也天下之
兵驕脆無用召募日廣而臨事不獲其力是二不立
也天下之財出之有限而用之無極爲國百年而不
能以富是三不立也基未平也加之以其所欲爲是
故舉一事而百弊作動一役而天下困投足而遇陷

穽側身而入河海平居猶懼有患而況求以馳騁於其上哉固不可矣今夫夷狄之患是中國之一病也吾欲拒之則有以爲拒之之具和之則有以爲和之之費以天下而待一國其爲有餘力也固亦宜矣而何至使天下皆被其患今也天下幸而無它患難而淮西北之爲畏然天下之力亦已困而不能支矣一歲之入不能供一歲之出是非特納賂之罪也三事不立之過也故三事立爲治之地既成賂之則爲漢文帝不賂則爲唐大宗賂與不賂非吾爲國治亂之所在也治亂之所在在乎其地之立與不立而已矣

天下之事因循而維持之以至於漸不可舉猶曰是養之未至也乘舟中流釋其檝而聽水之所之旋於洄洑格於洲浦以爲是固然也其爲無具亦已甚矣以今之時天子仁恕士大夫好善天下之風俗不至於朋黨亂正誣罔君子也世之清議凛然在矣公卿之欲有爲以濟斯世誰有言者而曰吾有所待是徒空言非事實也故爲之說曰居之以強力發之以果敢而成之以無私夫惟有私者不可以果敢果於一不果於二天下將以爲言不果者不可以強力力雖強而輒爲多疑之所敗天下之人惟能爲是三者則

足以排天下之堅強而納之於柔懦擾天下之怨怒而投之於不敢惟不能爲是三者則足以敗天下之賢才而卒之以不能有所建是故無私而果敢果敢而強力以是三者治天下之三不立以立爲治之地爲治之地既立然後擇其所以施之天下將無所不可治

新論下

天下之未治也患三事之不立苟其既立則患其無以施之蓋君子爲國正其綱紀治其法度皆可得而知也惟其所以施之則不可得而知周公之治周也

修其井田封建百辟可得而知也其所以使天下歸
周者不可得而知也孔子之治魯也隳其三都誅其
亂政可得而知也其所以使羔豚不飾賈男女別於
道者不可得而知也孟子之所以治邾者正其疆界
五口之家桑麻雞豚必具可得而知也其所以使之
至於王者不可得而知也孔子孟子之所汲汲以教
人者在其不可得而知而其可得而知者不詳論也
曰是有意於治者能之然而亦不可去也故其得爲
是國也必舉之以爲先由是觀之治國之地聖人無
之不得以施其聖然而聖人之道有所高遠而不可

及者矣其於孔子之門所謂政事而冉有子路之所
能者治國之地也子路曰千乘之國攝乎大國之間
加之以師旅因之以飢饉由也爲之可使有勇且知
方也冉有曰方六七十如五六十求也爲之可使足
民如其禮樂以俟君子是亦自以爲能爲其地而未
有以施之云爾然夫子許其能之而不以爲大賢則
夫子之道深矣遠矣夫子平居朝夕孜孜以教人者
惟所以自修其身而其所以修其政事者未嘗言也
蓋亦嘗言之矣曰謹權量審法度修廢官興滅國繼
絶世舉逸民所重民食喪祭是九者凡所以爲政而

未足也故繼之曰寬則得衆信則人任焉敏則有功公則說是四者所以成之焉耳其意以爲旣成而後以其平居自修之身施之故記曰君子篤恭而天下平爲有此具也君子脩其身無所施之則不立治其政事無以施之則不化當三代之治也天下之事無不畢舉雖後世之君猶得守其法度以爲無過惟無暴君則天下可安故伊尹之訓太甲曰從諫弗咈先民時若以爲如是而可以爲治已矣古之人言治天下若甚易然今之人以爲大言而不信不知其有此地也悲夫世之君子孜孜以修其身恭儉忠信欲以

施之天下終身而不見其成則以爲古之人欺我也
夫苟以爲古之人欺我雖有爲之者蓋勉强而爲之
也夫苟不欲而强爲之則其心益不自信而道日疎
夫以不信之心行日疎之道以治無以爲地之國是
以功不可成而患日至故莫若退而立其爲治之地
爲治之地旣立則身脩而天下可化也

欒城集卷第十九

欒城集卷第二十

殿試武舉策問一首

問王者之兵不貴詐謀奇計至於臨敵制勝良將能可少哉朕以天下爲度懷柔四夷而西戎背誕腰領未得凡吾接之以恩信懷之以禮義者罔有道矣若夫示之以形禁之以勢使之望而不敢犯犯而無所得者其術何由伐其謀散其黨使之退而不得安安而不能久者其道何以夫隱兵於民井田之舊法也材官府兵猶行於後世而保甲之復民以爲勞以車即戰丘甸之遺制也武剛鹿角猶見於近事而車下

之役世以爲非古者兵有奇正旋相爲用如環之無端其出入之法今幾絶矣敵有陰陽客主與宜易之則敗其先後之節將何施焉淮陰之伐趙勝亦幸耳使左車之說行則計將安出仲達之却蜀非其功也使孔明而不死則勝將孰在予大夫講於兵家之利而明於當世之務審矣其以所聞著之于篇朕將覽焉

南省進士策問一首

問三代漢唐之法行於前世而施之於今輒以不效何也昔者蓋嘗取經界之舊法以爲方田保府衛之

遺意以爲鄉兵舉黜陟之墜典以爲考課矣然而爲方田則民擾而不安爲鄉兵則民勞而無益爲考課則吏欺而難信三者適所以爲患不若其已也孟子有言爲高必因丘陵爲下必因川澤爲政必因先王之道凡今世之法駸駸近古矣政之近古天下之所以治也然而如彼三者獨何哉豈古之法遂不可施之於今歟抑亦救之不自其本爲之不得其道以至於此也

何南府進士策問三首

問法立於上則俗成於下故兩漢之間經各有師師

各有説異師殊説相攻如仇讎異已者雖善不從同已者雖惡不棄下逮魏晉爭者少止然後學者相與推究衆説從其所長至唐而傳疏之學其由是學者始會于一數百年之間凡所以經世之用君臣父子之義禮樂刑政之本何所不取於此然而窮理不深而講道不切學者因其成文而師之以爲足矣是以間者立取士之法使人通一經而説不必舊法既立矣俗必自此而變蓋將人自爲説而守之耶則兩漢之俗是矣將舉天下而宗一説耶則自唐以來傳疏之學是矣夫上能立法以救弊而已成其俗者必在

於士將使二弊不作其將何處而可哉

問三代之治以禮樂爲本刑政爲末後世反之儒者言禮樂之效與刑政之弊其相去甚遠然較其治亂盛衰其比後世若無以大相過者蓋夏后氏自禹再傳而失國亂者三世商人再衰而復興周人一遷而不振其賢於漢唐其實無幾至於漢文帝唐太宗克已裕人海内安樂雖三代之盛王何以加之夫禮樂刑政其功之異豈特如此而已今自祖宗創業百有餘年法令脩明上下相維四方無虞求之前世未有治安若今之久者然而儒者論其禮樂常以爲不若

三代也豈誠不若耶為習其名而未稽其實也不然世之治安則不在禮樂歟宜一有以斷之

問孟子言五畝之宅樹之以桑則五十者可以衣帛雞豚狗彘無失其時則七十者可以食肉數罟不入洿池則魚鱉不可勝食斧斤以時入山林則材木不可勝用誠哉是言也雖然孟子將何以行之豈將立法設禁以驅之歟夫立法設禁而無刑以待之則令而不行有刑以待之則彼亦何罪請言孟子將何以行此

私試進士策問二十八首

問昔者承五代之亂天下學者凋喪而仕者益寡雖
有美才良士猶溺於耕田養生之樂不肯棄其鄉閭
而効力於官事當此之時至調富民而爲官夫豈不
甚病矣哉及天下天定學者漸已尊顯勸勞勸誘數
十年之間而後士人方洋繼起則天下之官爲之盡
滿而無所置之是以頃者立任子之限減進士之額
繩以苛法抑以細過使之久而不調然後官吏歲以
漸減凡今一歲之調蓋不足以償其休老物故者然
則數十歲之後無乃將復有向者乏人之患歟夫古
之聖人維能於其未然而預防之故無後憂昔者惟

不能於其至少之時而爲其過多之慮是以惟務進
之而有今日之弊夫民惟其誘而進之則進而不知
伏抑而排之則無聊而引去天下要亦有不絜不屑
之士不可恃爵祿之利以爲可以必致也故顧於其
未然而求其所以進之而可以使今無冗員之弊退
之而可以使後無乏人之患者此亦天下之深慮也
問學者之論周禮或以爲周公之書或以爲戰國陰
謀之書二者孰爲得之今觀其書亦有所不知者二
焉夫公邑爲井田而鄉遂爲溝洫此二者一夫而受
田百畆五口而一夫爲役百畆而稅之十一舉無以

異也然而井田自一井而上至於一同而方百里其所以通水之利者溝洫澮三溝洫之制至於萬夫爲地三十二里有半其所以通水之利者遂溝洫澮川五夫利害同而法制異爲地少而用力博此其所未知者一也五家爲比比有比長五比爲閭閭有閭胥四閭爲族族有族師五族爲黨黨有黨正五黨爲州州有州長五州爲鄉鄉有一正卿及有軍旅之事則以比長爲伍長閭胥爲兩司馬族師爲卒長黨正爲旅師州長爲師師卿爲軍將故凡官之在鄉者軍一起而皆在軍矣起軍之法自五口以上家以一人爲

兵一人爲役而家之處者甚衆而官吏舉皆在外將誰使治之此其不可知者二也故願與學者究之

問學者責不求學孔子今考於傳記而觀其行事蓋有所不通者焉語曰佛肸召子欲往又曰子見南子子路不說學者以爲孔子急於行道而爲此夫孔子之於衛靈公語及兵事不說而去於陽貨時其亡而見之蓋亦不欲見也而孟子亦云惡夫枉尺而直尋者然則彼二事者獨何歟至於仕魯爲司寇從而祭膰肉不至不税冕而行且夫仕而至於司寇君臣之義不爲淺矣膰肉不至而行何其輕君臣之義而重

區區之微禮哉此明於輕重者之所不爲也或曰膰肉不至仲尼以爲禮將從此而大壞此所謂知幾者夫爲大臣知禮之將亡不救而去則又安用夫大臣者故此將有微恥難見之意而世或未之思學焉者所宜辨之

問古之爲國者必有所尚夏忠商質而周文儒者以爲此三者如循環百世而無窮然則今世之所尚者何耶夫不必聖人而後有所尚然則今世之所尚者其以爲忠耶則小民多詐而爭訟並起非所以爲忠也以爲質耶則金玉錦繡不爲之節而文詞熾於天

下非所以爲質也以爲文耶則禮樂不備冠昏喪祭之義至爲淺薄非所以爲文也然則今世其無所尚耶蓋亦有之而未之見耶其果有之也則亦可用耶不可用耶其明著其説

問古之學者其爲學必遲而信道必篤蓋非其遲則不能至於篤也故子夏之門人始於洒掃應對進退而孟子亦云君子之於道欲其自得自得之則資之深資之深則取之左右逢其原夫待其自得也非久而何昔者孔子五十而後學易方今薄才下士之所謂甚遲而可恠者也故夫當今之世無惑乎其無信

道之士也古之養士者莫善於太學而今太學之教一日之所爲必若干取方冊之難知者而悉論之不待其問而先告之無先後無少長無貧愚其問同而其功等其上者無以優游翺翔以寬綽其心而其下者勉强因躓不暇於爲善故其學也必遠而守道必不篤何者非其自得之也夫人之才譬如草木焉雨以濡之風以動之則其長也可立而待有宋人焉揠之而目以爲喜此孟子所以太息其不知學也然而寬以待之則太學之法將必有所大變而後可變法者不可不預立其說也

問古者禮備而費少今者費愈多而禮愈闕古者七
世之廟分而爲七今者七世之廟合而爲一古者一
歲大祭天者四五歲大祭宗廟者再今者三歲迭用
其一而略其餘古者命士以上皆有廟今至於公卿
大夫無之古者天子五載一巡守遠者十二年一巡
守今者非郊祀校獵不出於郊以今之至簡省也而
財至於不給則古之甚繁者宜其無以供之然以古
之甚繁而不至於大費則今之簡省而至於不給者
何也凡今之人皆以費故棄先王之禮是以禮日益
壞以爲今之世有周公仲尼其將亦畏費而止歟其

將亦略備其禮而不至於大費歟然而今之所以至於大費而不可省者或亦有故也其思所以省之而無害之說而著于篇

問茶之有榷與稅非古也特就其便於今者言之有以爲榷便曰凡所以備邊養兵者皆出於榷然江淮之間以私茶死者不可勝計此則仁人之所不忍爲也而何便於榷以稅爲便則夫邊鄙兵革之用將何以供之且夫稅之入其不足以當榷之利亦易見矣而特以不忍驅民而納之陷穽是以去榷而爲稅今欲後反其售冒行殺人之害而就夫區區養兵之利

則何以爲仁求以生民而國用至於困乏則何以爲
智蓋將以生民而富國熟收仁智之實而並享之者
必將有說也
問君子能盡人之情而不能盡物之變盡物之變惟
精者能之古之君子專一而無侈心是以益治鳥獸
弃治稼穡夔治鍾磬羲和治曆皆以聰明睿智之才
而盡力於一物終其身而不去至於後世官者至以
爲氏故當此之時天下之事無不畢舉今者四方既
平非有勤勞難治之政而當世之務每每廢墜而不
理蓋鍾律之不和河之不循道此一二事者百有餘

年而莫有能辨之者是豈非務於速進而耻以一物自累之過歟夫古之君子往往老於小官終身而不厭則上之所以使之者誠有道也安得斯道而由之以使斯人之復如古也

問今世法唐以爲治上自百官刑法禮儀下至州郡兵民賦役要之以唐爲準譬如商之於夏周之於商事無不考焉者然天下之廣方制萬里夷狄不作兵革不用四方之貢不絕於道路而國用常苦於不足唐自天寶以來府衛之兵廢租庸之法壞收茶鹽榷酒酤其法與今畧等然而天下分裂天子之地至少

征伐相繼而起而憲文武宣之世方鎮稍定則財用未嘗有所匱乏與今世無異至於齊蔡三晉各以數州之地養數萬之兵內以抗衡京師外以備禦鄰敵綽然有餘亦不如今之將師仰給於大農也夫法與唐內地多於唐費不用若唐之多而府庫之蓄無以大相過者何也其必有能辨之

問方今天下患於兵多故銷兵之說人人知之然獨求觀夫兵少之爲患也方今天下患於財少故求財之術人人講之然獨未覩夫多財之爲累也夫銷兵之患有甚於兵多而多財之累有甚於財少衆人知

目前之利而不爲歲月之計故儒者非之儒者操根本之論而不救急切之害故衆人遲之今將救目前之病使兵多財少之患去全歲月之計使兵少財多之弊不見其將何道而可

問舜受天下於堯故郊嚳宗堯不敢廢堯之祀禹受天下於舜而其郊宗皆其祖考夫推舜之心以及於禹則禹必將蒸祀堯舜而後可今也不然不獨廢堯而且忘舜何也夫受其成業而黜其祀雖少恩者不爲而謂禹行之乎其故安在

問古之言治者必曰禮樂禮樂之於人譬如飲食未

有一日而不相從者故士之閑居無故不去琴瑟行則有佩玉之音登車則有和鸞之節身蹈於禮而耳屬於樂如此而後邪辟不至蓋自秦漢以來士大夫不師古始然其朝廷鄉黨之間起居飲食之際亦未嘗無禮而樂獨盡廢士有終年未嘗聞樂而不知其非者於是有以疑樂之可去而以古人爲非矣不然請言樂之不立而士之所以不如古者安在

問西漢自孝武之後崇尚儒術至於哀平自餘年間士之以儒生進用功業志氣可紀於世者不過三四而武夫文吏皆著節當世其業與儒者遠甚及至東

漢雖光武兵革之後而儒者遂顯其後世道凌遲其所以扶危持顛皆出於學者而他人不與夫兩漢之用儒其實無以相過而士之優劣相遠如此何也

問古者建國設官分職以為政本近代因循雜亂無復統紀朝廷深惟其弊推本宗周旁摭宇文氏以易其制惟周官分建六職各帥其屬以治百事仰以奉天地鬼神外以御諸侯四夷下以治士農工商至於草木鳥獸無不咸在可謂備矣宇文氏雖參考其舊以命庶工而典籍亡逸不可究知其兵戎之官多設於六卿之外今將遠法宗周則宇文之遺法固將在

所去取然則凡官之以武事設者當領於六官耶其
亦將特設而後可也
問周官三百六千所以治王之畿內也其畿外諸侯
國自有官大國三卿次國二卿小國一卿亦皆有屬
以治其事是以六官之屬足以治畿內而止矣今四
方郡縣自一介之吏該命於朝廷則六官之外當得
廣吏以典其職以階易官蓋出於此然而設階之法
始於散官而散官之興近自魏晉因魏晉之遺俗以
閉三代之舊典竊以為未盡也其將何脩而後可以
復三代之故也哉

問古者取士於鄉而養之於學觀其德行道藝而進之以官故其得人也全今也雖鄉取而學養之然其試之也獨取其藝而德行之舉不復並立凡今之士雖有内懷德義而無藝以自將則不免廢於有司故其得人也偏今將略其藝文而取其行義凡科舉之法所以杜請謁而絶情故者一切盡廢則奔競朋黨之風必扇於下豈古之學校遂不可復耶其具論之于篇

問古者兵出於民而兵戰以車車馬介冑皆民力也民之於兵可謂勞矣三時務農一時講武鋤耰錢鎛

之人而驅之以干戈之事民之於兵可謂疎矣然而古者以其勞之民用至疎之兵而民以爲安四夷賓服其故何也近世兵民既分凡兵之器用皆給於官旦暮教戰不擇四時民可謂逸而兵可謂習矣然其所以安萬民而威四夷者亦何以遠過於古若夫正兵既練而又兼連伍保之兵民兵既設而不試以征伐之事此又今世之新意者所以勤兵裕民者可謂至矣至於異同得失之辨其詳著于篇

問古者爲貨泉以權物之輕重今所在鑄錢數日益多制日益少可謂錢輕矣然而金帛米粟賈日益賤

而錢之行於市者日益少有錢重之弊夫當重者反輕而當輕者反重其說安在將救其失其術何以
問孔子與老子同時孔子以禮樂教人而老子以清净無爲爲宗孔子蓋嘗問禮於老子未有一言非之者夫孔老豈同道者或後世孟軻韓愈皆學於孔子然孟子之於楊朱墨翟韓子之於浮屠氏皆詆言攻之碳之如仇讎夫韓孟之賢不過於孔子而楊朱浮屠之害無異於老子或釋而不問或排而不置其說安在
問漢武帝攘却四夷拓地千里後世賴以爲強唐太

宗誅滅胡虜兵不折比民不告病用兵之利前世無與爲比然而武帝之治安不若文景之多而太宗之功無補中國之治亂是以儒者終莫之善也夫儒者之説勝則帝王之武功没世而無聞不世之功成則中國先受其害二者不可合并然高宗之伐鬼方文王之征玁狁聖人有所不免則武帝太宗之功業其終不善於儒者何也

問河之爲害遠矣自漢已來東決則盡太山之麓西決則盡西山之趾凡二山之間數千里之地丘陵險阻河皆堙而平之存者無幾矣蓋禹之治水也以爲

河所從來者高水湍悍難以行平地數爲敗乃厮二渠以引其河自二渠之廢而河乃恣行不可備禦夫河決不東則西豫以二渠待之則雖決而有以受之乃不爲害此聖人之遺跡也今將訪而復之以待河之暴其可否何說

問韓非明老子而以刑名游說諸侯李斯師孫卿而以詐力事秦至於焚詩書殺儒士其終皆陷於大戮原其所學皆本於聖人而其所施設則鄉黨之士所不忍爲夫豈其學有以致之歟蓋老子孫卿其教之善雖弊不至於敗亂天下然則二子之學其所以失

之而至此者何也學之不詳毫釐之差或致千里學士大夫可不辨之乎

問堯舜之德盛矣然孔子稱周監於二代郁郁乎文哉何者世相近事相若而人情未遠也儒者常稱二帝三代雖其道德之隆世世師之至於禮樂刑政將以師之今世亦已難矣今自五代以上其文物政事之備未有若隋唐之善者自祖宗已來采前世之舊而施之於時亦未有若隋唐之多者也然其或因或革而當否存焉蓋亦有時異事異久遠而不可復者歟其亦有因習俗而重改作可復而未暇者歟其相

與講習而著其宜焉

問古者有罪不免於刑失誤有贖親賢有議眚災有赦未聞有赦天下者也自漢以來赦始及天下而言政者病之蓋成周之隆成康之際刑措不用而漢孝文唐太宗之盛天下斷獄歲不過數十當此之時雖有赦何所施之後世法令滋章而姦宄不禁刑之不能正而赦之不能救數赦則民坑於法而不赦則上所不忍其將何施而可

問三代以田養民而取之以什一其民盡力於耕則足以自養上之人以時平其政令而民受其賜既已

厚矣自戰國之禍田制既壞賦法隨弊天下之民仰困於租稅而俯困於兼并其害不可言矣是以漢自文景以來賜民田租孝弟力田鰥寡孤獨金帛布絮之奉歲時不絕考之於古則所謂惠而不知爲政者也然自漢氏絕而復興其民思之不忘其恩澤之結於民豈不至哉惟三代仁政其紀綱法度既不可遠復而漢室賜予之惠府庫之積力有所不逮然則將以厚民其術安在

問三代聖人以禮樂治天下動容貌出詞氣逡巡廟堂之上而諸侯承德四夷向風何其盛哉至其後世

稍衰桓文迭興而維持之要之以盟會齊之以征伐既巳卑矣然春秋之後吴越放恣繼之以田堂三晉之亂天下遂爲戰國君臣之間非詐不言非力不用相與爲盜跖之行猶恐不勝雖桓文之事且不行矣而況於文武成康之舊歟及秦并天下風俗日惡不可復改雖漢唐之隆格之以商周之盛蓋已愧矣夫三代之間其民更桀紂之禍與戰國何異然聖人一出禮義復興天下和洽不若後世寂寥無聞獨何故歟豈帝王之道古今一變遂不可復反乎不然何漢唐之陋如此

問秦滅經籍漢興易詩書禮春秋復存而樂遂喪然自孔子弟子散亡天下學者爭立異說各尊所聞以相攻而聖人之道日以湮沒頃者朝廷患之掃除傳疏而著以新說天下庶幾由此以識聖人之遺意然易詩書禮皆立學官春秋雖不用而其書亦不廢惟大樂淪棄漫滅無文無所考信嗚呼士生於今去聖文遠師法不傳幸明天子慨然深愍遺墜而興之而六經不備豈不闕甚矣哉意者求之它書推其端而究其末引而伸之猶可得而觀也請誦其所取焉

問漢收河南地兵不再駕唐復河隴未嘗用兵今朝

廷兵甲之精卒伍之練蓋近世所未有也是以收洮
岷略蘭會大功既遂四夷震礱有志之士蓋以心馳
於燕薊之兆矣夫能稼而能穡所以爲良農也能獲
而能烹所以爲善獵也故夫拓國而安邊唐漢之間
必有良策焉其試言之

私試武學策問二首

問古之善戰者必以兩擊一既爲之正又爲之奇故
我之受敵者一而敵之受敵者二我一而敵二則我
佚而敵勞以佚擊勞故曰三軍之衆可以使之必受
敵而無敗自唐季以來古之陣法遺散而不講今世

用兵之將置陣而不知奇正夫置陣而不知奇正猶作樂而不用五聲飪食而不用五味宮竭而商不繼羊窮而酸不輔一變而盡矣不可復用也今將推古法求奇正之意而施之行陣其亦可得歟兵法曰先出合戰爲正後出爲奇又曰奇亦爲正之正而正亦爲奇之奇所謂奇正者將合爲一陣歟將離爲二陣歟學者所辨之

問古稱淮陰侯善用兵然觀其所以勝者亦若有天幸焉淮陰之攻趙也廣武君請以輕兵絕其餽道而堅壁以老其師其攻齊也人或說龍且以相持不戰

而陰招齊之亡城，此二計者淮陰實難之，棄其計之不用，是以能克。然而使此計誠行，淮陰豈坐受縛者耶？其必有以待之。請言其說。

欒城集卷第二十

欒城卷第二十一

上皇帝書一首

熙寧二年三月日具位臣蘇轍謹冒萬死再拜上書

皇帝陛下臣官至踈賤朝廷之事非所得言然竊自惟雖其勢不當進至言於報國之義猶有可得言者昔仁宗親策直言之士臣以不識忌諱得罪於有司仁宗哀其狂愚力排羣議使臣得不遂棄於世臣之感激思有以報爲日久矣今者陛下以聖德臨御天下將大有爲以濟斯世而臣材力駑下無以自效竊聽之道路得其一二思致之左右苟懲創前事不復

以聞則共思報之誠沒世而不能自達是以輒發其狂言而不知止臣聞善爲國者必有先後之次自其所當先者爲之則其後必舉自其所當後者爲之則先後並廢書曰欲登高必自下欲陟遐必自邇世未有不自下而能高不自近而能遠者然世之人常鄙其下而狀其近務先從事於高遠不知其不可得也詩曰無田甫田維莠驕驕無思遠人勞心忉忉以爲田甫田而力不給則田弊而不治不若不田也思遠人而德不足則心勞而無獲不若不思也欲田甫田則必自其小者始小者之有餘而甫田可啓矣欲來

遠人則必自其近者始近者之既服而遠人自至矣苟由其道其勢可以自得苟不由其道雖強求而不獲也臣愚不肖蓋嘗試妄論今世先後之宜而竊觀陛下施設之萬一以爲所當先者失在於不爲而所當後者失在於太早然臣非敢以爲信然也特其所見有近於是者是以因其近似而爲陛下深言之伏惟陛下即位以來躬親庶政聰明睿智博達宏辯文足以經治武足以制斷重之以勤勞加之以恭儉凡古之帝王曠世而不能有一焉者陛下一旦兼而有之矣夫以天縱之姿濟之以求治之心施之於事宜

無爲而不成，無欲而不遂。今也爲國歷年於兹，而治不加進，天下之弊日益於前世，天下之人未知所以適治之路。災變横生，川原震裂，江河湧沸，人民流離，災火繼作，歴月移時而其變不止。此臣所以日夜思念而不曉，疑其先後之次有所未得者也。夫今世之患，莫急於無財而已。財者，爲國之命而萬事之本，國之所以存亡，事之所以成敗，常必由之。昔趙充國論備邊之計，以爲湟中穀斛八錢，糴三百萬斛，羌人不敢動矣。諸葛亮用兵如神，而以粮道不繼，屢出無功。由是觀之，苟無其財，雖有聖賢，不能自致於跬步。苟有其財雖庸人可以一日而千里陛下頃以西夏不臣赫然發憤建用兵之策招來横山之民將奪其險阻破壞其國而後已方是之時夏人殘虐失衆横山之民厭苦思漢而又乘其薦飢苟加之以兵此非計之失者也然而沿邊無數月之粮關中無終歲之備而所與之役有莫大之費陛下方且泰然不以爲憂以爲萬舉而有萬全之功旣而邊臣失律先事輕發亦旣入踐其國係虜其民矣然而陛下得其地而不敢收獲其人而不敢臣雖有成功而不敢繼也其終卒致於廢黜謀臣而講和好夫陛下謀之於朞年之前

而罷之於既發之後豈以爲是失當而悔之哉誠無財以繕其後爾且夫財之不足是爲國之先務也至於鞭笞四夷臣服異類是極治之餘功而太平之粉飾也然今且先之此臣所以知其先後之次有所未得者也今者陛下懲前事之失出祕府之財徙內郡之租賦督轉漕之吏使備沿邊三歲之畜臣以此疑陛下之有意乎財矣然猶以爲未也何者祕府之財不可多取而內郡之民不可重困可以紓目前之患而未可以爲長久之計此臣所以求効其區區而不能自已也蓋善爲國者不然知財之最急而萬事賴

焉故常使財勝其事而事不勝財然後財不可盡而事無不濟財者車馬也事者其所載物也載物者常使馬輕其車車輕其物馬有餘力車有餘量然後可以涉塗泥而車不僨登坂嶮而馬不躓今也四方之財莫不盡取民力屈矣而上用不足平居惴惴僅能以自完而事變之生復不可料譬如弊車羸馬而引丘山之載幸而無虞猶恐不能勝不幸而有陰雨之變陵谷之嶮其患必有不可知者故臣深思極慮以爲方今之計莫如豐財然臣所謂豐財者非求財而益之也去事之所以害財者而已矣夫使事之害財

者未去雖求財而益之財愈不足使事之害財者盡
去雖不求豐財然而求財之不豐亦不可得也故臣
謹爲陛下言事之害財者三一曰冗吏二曰冗兵三
曰冗費冗吏之說曰請原古之所以置吏之意有是
民也而後有是官有是官也而後有是吏量民而置
官量官而求吏其本凡以爲民而已是以古者郡民
官以取人郡縣之職缺而取之於民府寺之屬缺而
取之於郡縣出以爲守令入以爲卿相出入相受中
外相貫一人去之一人補之其勢不容有冗食之吏
近世以來取人不由其官士之來者無窮而官有限

極於是無守判如之法生而官法始壞淺淫分散不復其舊是以吏多於上而士多於下上下相窒譬如決水於不流之澤前者未盡來者已至填咽充滿一陷於其中而不能出故布衣之士多方以求官已仕之吏多方以求進下慕其上後慕其前不愧詐僞不耻爭奪禮義消亡風俗敗壞勢之窮極遂至於此夫人情紛則樂易樂易則有所不爲窘則濫亂濫亂則無所不至今使衆人相與皆出於隘足履相躡肩肘相逮徬徨而不得進又將禁其奔走而爭先者苟將禁之則莫如止來者而闢其隘今也驅市人而納之

不勝其多也設險於中塗而艱難之是以法愈設而爭愈甚惟陛下以時救之下哀痛之書明告天下以吏多之故與之更立三法其一使進士諸科增年而後舉其額不增累舉多者無推恩其說曰凡今之所以至於不可勝數者以其取之之多也古之人其擇吏也甚精人知吏之不可以妄求故不敢輕爲士爲士者皆其修絜之人也今世之取人誦文書習程課未有不可爲吏者也其求之不難而得之甚樂是以羣起而趨之凡今農工商賈之家未有不捨其舊而爲士者也爲士者日多然而天下益以不治舉今世

所謂居家不事生産仰不養父母俯不恤妻子浮游
四方侵擾州縣造作誹謗者農工商賈不與也祖宗
之世士之多少其比於今不能一二也然其削平僭
亂創制立法功業卓然見於後世今世之士不敢望
其萬一也士之多不及於今世而功則過之無足怪
者取之至少則人不敢輕爲士其所取者皆州郡之
選人也故爲是法使人知上意之所向十年之後無
實之士將不黜而自減且夫設科以待天下之士蓋
將使其才者得之不才者不可得也吾則取之而彼
則不能得猶曰雖不能得而累舉多者必取無棄則

是以官徇人也且累舉之士類非少年矣耳目昏塞
筋力疲劬而後得之數日而計之知其不能有所及
也則其爲政無所賴矣今有人畜牛羊而求牧旣取
其壯者又取其老者取其壯者曰吾取其力也取其
老者曰吾憐其老也如憐其老而已則胡爲以累牛
羊哉苟誠以爲有遺才焉則今所謂遺逸之書有以
收之矣其二使官至於任子者任其子之爲後者世
世祿仕於朝襲簪紱而守祭祀可以無憾矣然而爲
是法也則必始於二府法行於賤而屈於貴天下將
不服天下不服而求法之行不可得也蓋矯失以救

患者必有所過而後濟臣非不知二府之不可以齒庶官也其三使百司各損其職掌而多其出職之歲月其說曰百司臣不得而盡詳也請言其尤甚者莫如三司三司之吏世以爲多而不可損何也國計重而簿書衆也臣以爲不然主大計者必執簡以御繁以簡自處而以繁寄人以簡自處則心不可亂心不可亂則利至而必知害至而必察以繁寄人則事有所分事有所分則毫末不遺而情僞必見今則不然舉四海之大而一管之用必會於三司故三司者案牘之委也案牘既積則吏不得不多案牘積而吏多

則欺之者衆雖有大利害不能察也夫天下之財下自郡縣而至於轉運轉相鈎較足以爲不失矣然世當以轉運使爲不可獨信故必至於三司而後已夫苟轉運使之不可獨信而必三司之可任則三司未有不責成於吏者豈三司之吏則重於轉運使歟故臣以爲天下之財其詳可分於轉運使而使三司歲攬其綱目既使之得優游以治財貨之源又可頗損其吏以絶亂法之弊苟三司猶可損也而百司可見矣然而此三法者皆世之所謂拂世戾俗召怨而速謗者也今且將行之臣非敢犯衆人之怒而行世危

事也以爲有可行之道焉何者自臺省六品諸司五品一郊而任一人自兩制以上一歲而任一人此祖宗百年之法相承而不變者也而仁宗之世則損之三載而考績無罪者遷其官自唐以來亦未始有變者也而英宗之世則增之此二者夫豈便於世俗哉然而莫敢怨者以爲吏多而欲損者天下之公義其不欲者天下之私計也以私計而怨公義其爲怨也不直矣是以善爲國者循理而不卹怨非不卹怨知其無能爲也且今此三法者固未嘗行也然而天下亦不免於怨何者士之出身爲吏者捐其生業棄其

田里以盡力於王事而今也以吏多之故積勞者久而不得遷去官者久而不得調又多爲條約以沮格之減罷其舉官破壞其考第使之窮窘無聊求進而不遂此其爲怨豈減於布衣之士哉均之二怨皆將不免然使新進之士日益多國力匱竭而不能支十年之後其患必有不可勝言者故臣願陛下親斷而力行之苟日增之吏漸以衰少則臣又將有以治其舊吏使諸道職司每歲終任其所部郡守監郡各任其屬曰自今以前未有以私罪至某贓罪正入己至若干者二者皆自上鈞其輕重而裁之已而以他事

發則與之同罪雖去官與赦不降也夫以私罪至某贓罪正入已至若干其爲惡也著矣而上不察則上之不明亦可知矣故雖與之同罪而不過今世之法任人者任其終身苟其有罪終身鈞坐之夫任人之終身任其未然之不可知者也任人之歲終而無過任其已然之可知者也臣請得以較之任其未然之不可知雖聖人有所不能任其已然之可知雖衆人能之今也任之以聖人之所不能旣不敢辭矣而況任之以衆人之所能顧不可哉且按察之吏則亦不患其不知也患其知而未必皆按曰是無損於我而

徒以爲怨云爾令使其罪及之其勢將無所不問陛
下誠能擇奉公疾惡之臣而使行之陛下厲精而察
之去民之患如除腹心之疾則其以私罪至某贓罪
正入巳至若干者非復過誤適陷於深文者也苟遂
放歸終身不齒使姦吏有所懲則冗吏之弊可去矣
冗兵之說曰臣聞國朝創業之初四方割據中國地
狹兵革至少其後蕩滅諸國拓地旣廣兵亦隨衆雍
熈之閒天下之兵僅三十萬方此之時屯戍征討百
役並作而兵力不𤰞未嘗有兵少之患也自咸平景
德以來契丹内侵繼遷叛逆每有警急將帥不問得

失輒請益兵於是召募日增而兵額之多遂倍前世其後寶元慶曆之間元昊竊發復使諸道點民爲兵而沿邊所屯至七八十萬自是天下遂以百萬爲額雖復近歲無事而關中之兵至於二十八萬舉雍熙天下之衆適以備方今關中一隅之用兵多之甚於此見矣然臣聞方今宿邊之兵分隸堡障戰兵統於將帥者其實無幾每一見賊賊兵常多我兵常少衆寡不敵每戰輒敗往者將帥失利未有不以此自解者也夫祖宗之兵至少而常若有餘今世之兵至多而常患於不足此二者不可不察也兵法有之曰興

師十萬出征千里百姓之費公家之奉日費千金內外騷動怠於道路者七十萬家而愛爵祿百金不能知敵之情者不仁之至也故三軍之事莫親於間賞莫重於間間者三軍之司命也臣竊惟祖宗用兵至於以少爲多而今世用兵至於以多爲少得失之原皆出於此何以言之臣聞太祖用李漢超馬仁瑀韓令坤賀惟忠何繼筠等五人使備契丹用郭進武守琪李謙溥李繼勳等四人使備河東用趙贊姚內斌董遵誨王彥升馮繼業等五人使備西羌皆厚之以關市之征饒之以金帛之賜其家屬之在京師者仰

給於縣官貿易之在道路者不問其商稅故此十四
人者皆富厚有餘其視棄財如棄糞土賙人之急如
恐不及是以死力之士貪其金錢捐軀命冒患難深
入敵國刺其陰計而効之至於飲食動靜無不畢見
每有入寇輒先知之故其所備者寡而兵力不分敵
之至者舉皆無得而有喪是以當此之時備邊之兵
多者不過萬人少者五六千人以天下之大而三十
萬兵足爲之用今則不然一錢以上皆籍於三司有
敢擅用謂之自盜而所謂公使錢多者不過數千緡
百須在焉而監司又伺其出入而繩之以法至於用

間則曰官給茶綵夫百餅之茶數束之綵其不足以易人之死也明矣是以今之為間者皆不足恃聽傳聞之言采疑似之事其行不過於出境而所問不過於熟戶苟有籍口以欺其將帥則止矣非有能知敵之至情者也敵之至情既不可得而知故常多屯兵以備不意之患以百萬之衆而常患於不足由此故也陛下何不權其輕重而計其利害夫關市之征比於茶綵則多而三十萬人之奉比於百萬則約衆人知目前之害而不知歲月之病平居不忍棄關市之征以與人至於百萬則恬而不知怪昔太祖起於布

衣百戰以定天下軍旅之事其思之也詳其計之也熟矣故臣願陛下復脩其成法擇任將帥而厚之以財使多養間諜之士以爲耳目耳目既明雖有强敵而不敢輒近則雖雍熙之兵可以足用於今世陛下誠重難之臣請陳其可減之實何者今世之强兵莫如沿邊之土人而今世之惰兵莫如内郡之禁旅其名愈高其廩愈厚其廩愈厚其材愈薄往者西邊用兵禁軍不堪其役死者不可勝計羌人每出聞多禁軍輒舉手相賀聞多土兵輒相戒不敢輕犯以實較之土兵一人其材力足以當禁軍三人禁軍一人其

廩給足以贍士兵三人使禁軍萬人在邊其用不能當三千人而常耗三萬人之畜邊郡之儲比於內郡其價不啻數倍以此權之則士兵可益而禁軍可損雖三尺童子知其無疑也陛下誠聽臣之謀臣請使禁軍之在內郡者勿復以戍邊因其老死與亡而勿復補使足以為內郡之備而止去之以漸而行之以十年而冗兵之弊可去矣冗費之說曰世之冗費不可勝計也請言其大與臣之所知者而陛下以類推之臣聞事有所必至恩有所必窮事至而後謀則害於事恩窮而後遷則傷於恩昔者太祖太宗敦睦九

族以先天下方此之時宗室之衆無幾也是以合族
於京邑义而不別世歷五聖而太平百年矣宗室之
盛未有過於此時者也禄廩之費多於百官而子孫
之衆宫室不能受無親踈之差無貴賤之等自生齒
以上皆養於縣官長而爵之嫁娶喪葬無不仰給於
上日引月長未有知其所止者此亦事之所必至而
恩之所必窮者也然而未聞所以謀而遷之古者天
子七廟三昭三穆與太祖而七以人子之愛其親推
而上之至於其祖由祖而上至於百世宜無所不愛
無所不愛則宜無所不廟苟推其無窮之心則百世

之祖皆廟而後爲稱也聖人知其不可故爲之制七世之外非有功德則迭毀春秋之祭不與莫貴於天子莫尊於天子之祖而廟不加於七何者恩之所不能及也何獨至於宗室而不然臣聞三代之間公族有以親未絶而列於庶人者兩漢之法帝之子爲王之庶子猶有爲侯者自侯以降則庶子無復爵土蓋有去而爲民者有自爲民而復仕於朝者至唐亦然故臣以爲凡今宗室宜以親踈貴賤爲差以次出之使得從仕比於異姓擇其可用而試之以漸凡其祿秩之數遷叙之等黜陟之制任子之令與異姓均臨之以按察

持之以寮吏威之以刑禁以時察之使其不才者不
至於害民其賢者有以自効而其不任爲吏者則出
之於近郡官爲廬舍而廩給之使得占田治生與士
庶比令聚而養之厚之以不訾之祿尊之以莫貴之
爵使其賢者老死鬱鬱而無所施不實者居處隘陋
戚戚而無以爲樂甚非計之得也昔唐武德之初封
從昆弟子自勝衣以上皆爵郡王太宗即位疑其不
便以問大臣封德彝曰爵命崇則力役多以天下爲
私奉非至公之法也於是疏屬王者降爲公夫自王
而爲公非人情之所樂也而猶且行之今使之爵祿

如故而僕治民雖有內外之異宜無有愆者然臣觀朝廷之議未嘗敢有及此何者以宗室之親而布之於四方懼其啓姦人之心而生意外之變也臣竊以爲不然古之帝王好疑而多防雖父子兄弟不得尺寸之柄幽囚禁錮齒於匹夫者莫如秦魏然秦魏皆數世而亡其所以亡者劉氏項氏與司馬氏而非其宗室也故爲國者苟失其道雖胡越之人皆得謀之苟無其釁雖宗室誰敢覬者惟陛下蕩然與之無疑使得以次居外如漢唐之故此亦去冗費之一端也臣聞漢唐以來重兵分於四方雖有末大之憂而餽

運之勞不至於太甚祖宗受命懲其大患而略其細故斂重兵而聚之京師根本既强天下承望而服然而轉漕之費遂倍於古凡今東南之米每歲遡汴而上以石計者至五六百萬山林之木盡於舟檝州郡之卒弊於道路月廪歲給之奉不可勝計往返數千里飢寒困迫每每侵盜雜以它物米之至京師者率非完物矣由此觀之今世之法直以其力致之而不計其患非法之良者也臣願更爲之法舉今每歲所運之數而四分之其二即用舊法官出舡與兵而漕之凡皆如舊其一募六路之富人使以其舡及人漕

之而所過免其商稅能以若干至京師而無欺盜敗失者以今三司軍大將之賞與之方今瀆江之民以其舡爲官運者不求官直蓋取官之所入而不覆較者得其贏以自潤而富民之欲仕者往往求爲軍大將以此推之宜有應募者其一官自置塲而買之京師京師之兵當得米而不願者計其直以錢償之夫物有常數取之於南則不足於北捨之於東則有餘於西此數之必然而不可逃者也今官欲買之其始不免於貴貴甚則東南之民傾而赴之赴之者衆則將反於賤致賤必以貴致貴必以賤此亦必然之數

也故臣願爲此二者與舊法皆立試其利害而較其可否必將有可用者然後舉而從之此又去冗費之一端也臣聞富國有道無所不卹者富之端也不足卹者貧之源也從其可卹而収之無所不収則其所存者廣矣從其無足卹而棄之無所不棄則其所亡者多矣然而世人之議者則不然以爲天下之富而顧區區之用此有司之職而非帝王之事也此説之行於天下數百年於玆矣故天下之費其可已者常多於舊臣不敢遠引前世請言近歲之事自嘉祐以來聖人迭興而天下之吏京秩以上再遷其官天下

郡守職司再補其親戚自治平京師之大水與去歲河朔之大震百役並作國有至急之費而郊祀之賞不廢於百官自橫山用兵供億之未定與京西流民勞徠之未息官私乏困日不暇給而宗室之喪不俟歲月而葬臣以此觀之知朝廷有無足邮之義臣誠知事之既往無可為者然苟自今從其可邮而收之則無益之費猶可漸減此又去冗費之一端也臣不勝拳拳私憂過計為是三冗之說以獻伏惟陛下思深謀遠聽斷詳盡於天下之事無所不屬臣之所陳何足言者然臣愚以為苟三冗未去要之十年之後

天下將益衰耗難以復治陛下何不講求其原而定其方畧擇任賢俊而授之以成法使皆久於其官而後責其成績方今天下之官泛泛乎皆有欲去不久之心侍從之臣逾年而不得代則皇皇而不樂今雖不能使之盡久然至於諸道之職司三司之官吏治邊之將佐此皆與天子共成事者也天下之事將責成之而不久其任開其源者不是其流發其謀者不見其成功此事之所以不得成也陛下誠擇人而用之使與二府皆久於其官人知不得苟免而思長久之計君臣同心上下協力磨之以歲月如此而三冗

之弊乃可去也然而爲此猶有所患何者今世之士
大夫好同而惡異疾成而喜敗事苟不出於己小有
齟齬不合則羣起而譟之借如今使按察之官任其
屬吏歲終而無過此其勢必將無所不按得罪者必
將多於其舊然則天下之口紛然非之矣不幸而有
一不當衆將羣指以罪法一不當不能動不幸而至
於再三雖上之人亦將不免於惑衆人非之於下而
朝廷疑之於上攻之者衆而持之者不堅則法從此
敗矣蓋世有耕田而以其耜殺人者或者因以耕田
爲可廢夫殺人之可誅與耕田之不可廢此二事也

安得以彼而害此哉故夫按人而不以其實者罪之可也而法之是非則不在此苟陛下誠以爲可行必先能破天下之浮議使良法不廢於非道如此而後三冗之弊可去也三冗既去天下之財得以日生而無害百姓充足府庫盈溢陛下所爲而無不成所欲而無不如意舉天下之衆惟所用之以攻則取以守則固雖有西戎北狄不臣之國宥之則爲漢文帝不宥則爲唐太宗伸縮進退無不在我今陛下不事其本而先舉其末此臣所以大惑也臣不勝憤懣越次言事雷霆之譴無所逃避臣轍誠惶誠恐頓首頓首

謹奮

欒城集卷二十一

欒城集卷第二十二

書十首

上樞密韓太尉書

太尉執事轍生好爲文思之至深以爲文者氣之所形然文不可以學而能氣可以養而致孟子曰我善養吾浩然之氣今觀其文章寬厚宏博充乎天地之間稱其氣之小大太史公行天下周覽四海名山大川與燕趙間豪俊交游故其文疏蕩頗有奇氣此二子者豈嘗執筆學爲如此之文哉其氣充乎其中而溢乎其貌動乎其言而見乎其文而不自知也轍生

十有九年矣其居家所與游者不過其鄰里鄉黨之人所見不過數百里之間無高山大野可登覽以自廣百氏之書雖無所不讀然皆古人之陳迹不足以激發其志氣恐遂汩沒故決然捨去求天下奇聞壯觀以知天地之廣大過秦漢之故都恣觀終南嵩華之高北顧黄河之奔流慨然想見古之豪傑至京師仰觀天子宫闕之壯與倉廩府庫城池苑囿之富且大也而後知天下之巨麗見翰林歐陽公聽其議論之宏辯觀其容貌之秀偉與其門人賢士大夫游而後知天下之文章聚乎此也太尉以才畧冠天下天

下之所恃以無憂四夷之所憚以不敢發入則周公召公出則方叔召虎而轍也未之見焉且夫人之學也不志其大雖多而何爲轍之來也於山見終南嵩華之高於水見黃河之大且深於人見歐陽公而猶以爲未見太尉也故願得觀賢人之光耀聞一言以自壯然後可以盡天下之大觀而無憾者矣轍年少未能通習吏事嚮之來非有取於斗升之祿偶然得之非其所樂然幸得賜歸待選使得優游數年之間將歸益治其文且學爲政太尉苟以爲可教而辱教之又幸矣

上昭文富丞相書

轍西蜀之人行年二十有二幸得天子一命之爵飢寒窮困之憂不至於心其身又無力役勞苦之患其所任職不過簿書米鹽之間而且未獲從事以得自盡方其閑居不勝思慮之多不忍自棄以爲天子寬惠與天下無所忌諱而轍不於其强壯閑暇之時早有所發明以自致其志而復何事恭惟天子設制策之科將以待天下豪俊魁壘之人是以轍不自量而自與於此蓋天下之事上自三王以來以至於今世其所論述亦已略備矣而猶有所不釋於心夫古之

帝正豈必多才而自爲之爲之有要而居之有道是
故以漢高皇帝之恢廓慢易而足以吞項氏之強漢
文皇帝之寬厚長者而足以服天下之姦詐何者任
人而人爲之用也是以不勞而功成至於武帝材力
有餘聰明睿智過於高文然而施之天下時有所折
而不遂何者不委之人而自爲用也由此觀之則夫
天子之責亦在任人而已竊惟當今天下之人其所
謂有才而可大用者非明公而誰推之公卿之間而
最爲有功列之士民之上而最爲有德播之夷狄之
域而最爲有勇是三者亦非明公而誰而明公實爲

宰相則夫吾君之所以爲君之事蓋已畢矣古之聖人高拱無爲而望夫百世之後以爲明主賢君者蓋亦如是而可也然而天下之未治則果誰耶下而求之郡縣之吏則曰非我能上而求之朝廷百官則曰非我責明公之立於此也其又將何辭嗟夫蓋亦嘗有以秦越人之事說明公者歟昔者秦越人以醫聞天下天下之人皆以越人爲命越人不在則有病而死者莫不自以爲吾病之非眞病而死之非眞死也它日有病者焉過越人而屬之曰吾捐身以予子子自爲子之才治之而無爲我治之也越人曰嗟夫難

哉夫子之病雖不至於死而難以愈急治之則傷子之四支而緩治之則勞苦而不肯去吾非不能去也而畏是二者夫傷子之四支而後可以除子之病則天下以我爲非醫天下以我爲不工而病之不去則天下以我爲非醫此二者所以交戰於吾心而不釋也既而見其人其人曰夫子則知醫之醫而未知非醫之醫歟今夫非醫之醫者有所冒行而不顧是以能應變於無窮今子守法審微而用意於萬全者則是子猶知醫之醫而已天下之事急之則喪緩之則得而過緩則無及孔子曰道之難行也我知之矣知者過之不肖者不

及也夫天下患於不知而又有知而過之者則是道之果難行也昔者世之賢人患夫世之愛其爵祿而不忍以其身嘗試於艱難也故其上之人督不過顧以搏天下之公利而忘其私在下者亦不敢自愛呼號紛激以攻許其上之短是二者可謂賢於天下之士矣而猶未免爲不知何者不知自安其身之爲安天下之人自重其發之爲重君子之勢而輕用之於尋常之事則是猶匹夫之亮耳伏自明公執政於今五年天下不聞慷慨激烈之名而日聞敦厚之聲意者明公其知之矣而猶有越人之病也轍讀三國志

嘗見曹公與袁紹相持久而不決以問賈詡詡曰公
明勝紹勇勝紹用人勝紹決機勝紹紹兵百倍於公
公畫地而與之相守半年而紹不得戰則公之勝形
已可見矣而久不決意者顧萬全之過耳夫事有不
同而其意相似今天下之所以仰首而望明公者豈
亦此之故歟明公其畧思其說當有以解天下之望
者不宣轍再拜

上曾參政書

轍聞之士不更變不可與圖遠新勝之家知得而不
知喪知存而不知亡始若可喜而終不可久昔者轍

讀書至秦誓而得之曰番番良士旅力既愆我尚有之仡仡勇夫射御不違我尚不欲夫昔之爲此言者蓋亦已知之矣孟明視西乞術白乙丙此三人者秦之豪俊有決之士而百里奚蹇叔子此秦之所謂老耄而不武者也僖公欲襲鄭孟明以爲可而蹇叔以爲不可則蹇叔之說無乃遠於事情而近於怯哉然而要其成敗得失之終而責其思慮之長短則蹇叔不可謂迂而孟明不可謂是也故曰如有一介臣斷斷猗無它技其心休休焉其如有容人之有技若已有之人之彦聖其心好之不啻如自其口出是能容

之以保我子孫黎民亦職有利哉嗟夫穆公至此而後知蹇叔之非庸人歟今夫立於百官之上而宰天下之事者亦何以其他技爲哉温良博愛而能容天下之士斯可矣往者轍之東遊而明公適爲京兆當此之時明公之聲上震於朝廷而下懾於閭里行道之人爲之不敢妄視盜賊屏息而不作可謂才有餘矣然至於參決大政而日韜其光務爲敦厚不欲以才蓋天下上承二公下揖百官周旋揖讓而士大夫莫不雍容和穆以相與也嗟夫明公何以及此哉轍西蜀之匹夫往年偶以進士得與一命之爵今將爲

吏峭踸之間閑居無事聞天子舉直言之士而世之君子以其山林朴野之人不知朝廷之忌諱其中無所隱蔽故以應詔而轍也復不自度量而言當世之事亦不敢爲莽鹵不詳之說其言語文章雖無以過人而其所論說乃有矯拂切直之過竊獨悲古者深言之人遭時之不祥一有所觸而其言不復見錄於世方今羣公在朝以君子長者自處而優容天下彥聖有技之士士之有言者可以安意肆志而無患然後知士之生於今者之爲幸而轍亦幸者之一人也素所爲文家貧不能盡致有歷代論十二篇上自三

王而下至於五代治亂興衰之際可以槩見於此觀其畧可也

上兩制諸公書

轍讀書至於諸子百家紛紜同異之辯後世工巧組繡鑽研離析之學蓋嘗喟然太息以爲聖人之道譬如山海藪澤之興人之入於其中者莫不皆得其所欲充足飽滿各自以爲有餘而無慕乎其外今夫班輸共工旦而操斧斤以遊其叢林取其大者以爲楹小者以爲桷圓者以爲輪挺者以爲軸長者擾雲霓短者蔽牛馬大者擁丘陵小者伏蓁莽芟夷蹶取皆

自以爲盡山林之奇怪矣而獵夫魚師結綱聚餌左強弓右毒矢陸攻則斃象犀水伐則執鮫鮀熊羆虎豹之皮毛黿龜犀兕之骨革上盡飛鳥下及走獸昆蟲之類紛紛籍籍折翅捩足鱗鬣委頓縱橫滿前肉登鼎俎膏潤砧几皮革齒骨披裂四出被於器用求珠之工隨候夜光間以類玭磊落的皪充滿其家求金之工輝赫晃蕩鏗鏘交戛遍爲天下冠冕佩帶飲食之飾此數者皆自以爲能盡山海之珍然山海之藏終滿而莫見其盡昔者夫子及其生而從之游者蓋三千餘人是三千人者莫不皆有得於其師是以

從之周旋奔走逐於宋魯飢餓於陳蔡困厄而莫有去之者是誠有得乎爾也蓋顏淵見於夫子出而告人曰吾能知之子路子貢冉有出而告人亦曰吾知之下而至於邽巽孔忠公西輿公西蒧此數子者門人之下第者也竊窺於道德之光華而有聞於議論之末皆以自得於一世其後田子方段干木之徒講之不詳乃竊以爲虛無淡泊之說而吳起禽滑釐之類又以倡狂於戰國蓋夫子之道分散四布後之人得其遺波餘澤者至於如此而楊朱墨翟莊周鄒衍田駢慎到韓非申不害之徒又不見夫子之大道皇

皇惑亂譬如陷於大澤之陂荆榛棘茨蹊隧滅絶求以自致於通衢而不可得乃妄冒蒺藜蹈崖谷崎嶇繚繞而不能自止何者彼亦自以爲已之得之也轍嘗悴古之聖人既已知之矣而不遂以明告天下而著之六經六經之説皆微見其端而非所以破天下之疑惑使之一見而籍者是以世之君子紛紛至此而不可執也今夫易者聖人之所以盡天下剛柔喜怒之情勇敢畏懼之性而寓之八物因八物之相遇吉凶得失之際以教天下之趨利避害蓋亦如是而已而世之説者王氏韓氏至於老子之虛無京房焦

責至以陰陽災異之數言詩者不言咏歌勤苦酒食燕樂之際極歡極感而不遠於道而言五際子午卯酉之事言書者不言其君臣之歡吁俞嗟歎有以深感天下而論其費誓秦誓之不當作也夫孔子豈不知後世之至此極歟其意以爲後之學者無所據依感發以自盡其才是以設爲六經而使之求之蓋又欲其深思而得之也是以不爲明著其說使天下各以其所長而求之故曰仁者見之謂之仁智者見之謂之智而子貢亦曰在人賢者識其大者不賢者識其小者夫使仁者効其仁智者効其智大者惟明其

大而不遺其小小者樂致其小以自附於大各因其才而盡其力以求其至微至密之地則天下將有終身校其說而無勸者矣至於後世不明其意患乎異說之多而學者之難明也於是舉聖人之微言而折之以一人之私意而傳疏之學橫放於天下由是學者愈怠而聖人之說益以不明今夫使天下之人因說者之異同得以縱觀博覽而辨其是非論其可否推其精粗而後至於微密之際則講之當益深守之當益固孟子曰君子深造之以道欲其自得之也自得之則居之安居之安則資之深資之深則取之左

右逢其原故君子欲其自得之也昔者轍之始學也得一書伏而讀之不求其傳而惟其書之知求之而莫得則反覆而思之至於終日而莫見而後退而求其傳何者懼其入於心之易而守之不堅也及既長乃觀百家之書從横顛倒可喜可愕無所不讀泛然無所適從蓋晚而讀孟子而後徧觀乎百家而不亂也而世之言者曰學者不可以讀天下之雜說不幸而見之則小道異術將乘間而入於其中雖楊雄尚然曰吾不觀非聖之書以爲世之賢人所以自養其心者知人之弱子幼弟不當出而置之於紛華雜擾

之地此何其不忍之甚也古之所謂知道者邪詞入之而不能蕩詖詞佗之而不能詐爵祿不能使之驕貧賤不能使之辱如使深居自閉於閨闥之中兀然頹然而曰知道知道云者此乃所謂腐儒者也古者伯夷隘柳下惠不恭隘與不恭是君子之所不爲也而孔子曰伯夷叔齊不降其志不辱其身柳下惠少連降志而辱身言中倫行中慮虞仲夷逸隱居放言身中清廢中權而我則異於是無可無不可夫伯夷柳下惠是君子之所不爲而不棄於孔子此孟子所謂孔子集大成者也至於孟子惡鄉原之敗俗而知

於陵仲子之不可常也美禹稷之汲汲於天下而知
顔氏子自樂之非固也知天下之諸侯其所取之爲
盜而知王者之不必盡誅也知賢者之不可召而知
召之役之爲義也故士之言學者皆曰孔孟何者以
知其道而已今檄山林之匹夫其才術技藝無以大
過於中人而何敢自附於孟子然其所以汎觀天下
之異説三代以來興亡治亂之際而滌然其有以折
之者蓋其學出於孟子而不可誣也今年春天子將
求直言之士而轍適來調官京師舍人楊公不知其
不肖取其鄙野之文五十篇而薦之俾與明詔之末

伏惟執事方今之偉人而朝之名卿也其德業之所服聲華之所耀孰不欲一見以効薄技於左右夫其五十篇之文從中而下則執事亦既見之矣是以不敢復以爲獻姑述其所以爲學之道而執事試觀焉

上劉長安書

轍聞之物之所受於天者異則其自處必高自處既高則必趯然有所不合於世俗蓋猛虎處於深山向風長鳴則百獸震恐而不敢出松栢生於高岡散柯布葉而草木爲之不殖非吾則爾拒而爾則不吾抗也故夫才不同則無朋而勢遠絶則失衆才高者身

之累也勢異者衆之棄也昔者伯夷叔齊巳嘗試之矣與其鄉人立以其冠之不正也舍而去之夫以其冠之不正也舍之而去則天下無乃無可與共處者耶舉天下而無可與其處則是其勢豈可以久也苟其勢不可以久則吾無乃亦將病之與其病而後反也不若其素與之之爲善也伯夷叔齊惟其往而不反是以爲天下之棄人也以伯夷之不吾屑而棄伯夷者是固天下之罪矣而以吾之絜清而不屑天下是伯夷亦有過耳古語有之曰大辯若訥大巧若拙何者懼天下之以吾辯而以辯乘我以吾巧而以巧

困我故以拙養巧以訥養辯此又非獨善保身也亦將以使天下之不吾忌而其道可長久也今失天下之士轍已畧觀之矣於此有所不足則於彼有所長於此有所蔽則於彼有所見其勢然矣辰聞執事之風明俊雄辯天下無有敵者而高亮剛果士之進於前者莫不振栗而自失退而仰望才業之輝光莫不逡巡而自愧蓋天下之士已大服矣而轍願執事有以少下之使天下樂進於前而無恐而轍亦得進見左右以聽議論之末幸甚幸甚

答徐州陳師仲書二首

轍白陳君足下去年轍從家兄遊徐州君兄弟始以
客來見一揖而退漠然不知君之胸中也既而問之
君之鄉人君力學行義不妄交遊既已中心異之及
來南京又辱以所爲文爲贈讀之翛然以清追慕古
人而無意於世俗心雖愛之然亦憂君之以是困於
今世也今年春君西遊謀所以葬先子於朋友既而
東歸貧不克舉書來告曰將改卜七月且問所以爲
葬嗟夫轍固知君之至於此也以若所爲行求今之
人則其困也固宜雖然子而固千之守盡子之有歛
手足形還葬此則曾子之所以葬其親也而何病詩

云凡民有喪匍匐救之有欲救之心而力不贍愧實在我而予何病今既七月矣惟自勉以禮不宣轍白

又

蒙惠書論詩許以五百篇爲惠既知所從學詩之人又知所以作詩之意五百篇雖未至然見此書已與見詩無異矣應掾言迫於解舟有書不能盡取即此詩是耶轍少好爲詩與家兄子瞻所爲多少略相若也子瞻既已得罪轍亦不復作詩然今世士大夫亦自不喜爲詩以詩名世者蓋無幾人間有作者尤足貴也故僕每得其所爲諷詠終日譬如新病喑人

口不復歌閒有歌者猶能手足舞蹈以自慰釋足下尚能以五百篇見惠耶苟有以慰我不必矜自口出也

答黃庭堅書

轍之不肖何足以求交於魯直然家兄子瞻與魯直往還甚久轍與魯直舅氏公擇相知不疎讀君之文誦其詩願一見者久矣性拙且懶終不能奉咫尺之書致殷懃於左右乃使魯直以書先之其爲愧恨可量也自廢棄以來頹然自放頑鄙愈甚見者往往嗤笑而魯直猶有以取之觀魯直之書所以見愛者與

轍之愛曾直無異也，然則書之先後不若，則我未足以爲恨也。比聞曾直吏事之餘獨居而蔬食陶然自得，蓋古之君子不用於世必寄於物以自遣，阮籍以酒，嵇康以琴，阮無酒，嵇無琴，則其食草木而友麋鹿有不安者矣。獨顔氏子飲水啜菽居於陋巷無假於外而不改其樂，此孔子所以嘆其不可及也。今曾直目不求色，口不求味，此其中所有過人遠矣，而猶以問人何也？聞曾直喜與禪僧語，蓋聊以是探其有無耶。漸寒，比日起居甚安，惟以時自重。

答徐州教授李昭玘書

轍啓女夫王君適自徐還辱承賜以長書伏讀愧歎無以爲喻自惟愚拙加以罪廢平時學問捐棄不講譬如荒畦敗圃草棘狼籍雖追惟疇昔耘耔之勤欲從容遊步其間而亦愀然自嫌不欲賞足況夫通都大邑之人遍觀天下之巨麗心目廣大物難稱愜乃欲遊目縱覽究其有無豈有不嘻笑者哉伏惟君侯壯年篤學才節茂美文章雋發何意迴聽如此然聞王君言出入學中逾年稍知旨趣所詣蓋耽悅至道忽忘世味每有超然絶俗之意閑輙被罪以來自知鄙陋歸耕之計慮之已熟不營其故遽以知道許之

夫古之所謂知道者富貴不能淫貧賤不能憂夫豈如轍困躓而謀安者耶若夫収其精以治身而序其土苴以惠天下此君侯之所當學也而亦何取於轍哉辱賜之厚不知所報謹奉啓陳謝伏惟照察不宣

上洪州孔大夫論徐常侍墳書

轍竊見故散騎常侍徐公鉉墳在公所治郡新建縣西山鸞岡原徐公没於淳化辛卯迨今九十四年公無子故人奉新胡克順葬之胡氏昔爲大家克順慕公高義春秋時祀墳未嘗廢自克順死胡氏衰公之墳域荒茀不治蓋有年矣聞自近歲民間利其林木

至訟而爭之公所葬地本其先塋公家既無子孫契券亡失官遂籍没其地伐其松栢以治屋宇行道知之往往爲之掩泣竊惟南唐舊臣如 公之比蓋無一二方陳覺馮延魯愚弄其主擅興甲兵喪師蹙國時無一人敢非之者公獨與韓熙載力陳其姦卒致其罪及王師南討李氏危在朝夕 公受命兵間不爲身計義動中國至今稱之蓋公之大節落落如此雖使千載之後猶當推求遺迹以勸後來今没未百年樵而不録仁人君子豈其然哉伏惟明公家本先聖先中丞忠義慷慨氣節凜然公行亦大方直繼前烈如

徐公輩人譬之草木臭味不遠儻蒙矜念使孤墳遺
魄不至侵𣏌祭祀稍存樵采不犯不惟南方士人拭
目傾心將天下義士知有所勸輙言非所職干冒髙
明不勝戰越

欒城集第卷二十二

欒城集卷第二十三

記九首

筠州聖祖殿記

維周制天下邑立后稷祠而唐禮州祀老子蓋二祖之德光配天地充塞海㝢凡有社有民不可以弗饗既以爲民祈福俾雨露之施無有遠邇亦以一民之望使知飲食作息皆上之賜粤維我聖祖功緒永遠肇自皇世超絶周唐逾千萬年威神在天靈德在下祥符癸丑實始詔四方萬國咸建祠宫立位設像歲時朝謁因周唐之故以教民順筠故附庸豫章列爲

成國維近匪遠吏民朴陋野不逹禮承命不謁因仍
故宫即其東廂以建神位凡進見之禮稽首東嚮吏
六十有九年弗革弗新元豐三年二月臣維瞻受命
作守始至伏謁惕然不寧既視事遂以言於朝度其
宫之東得隙土南北十有二筵東西九筵伐木於九
峯道遥之山四年八月始庀工九月而告成耽耽其
堂殖殖其庭神來顧享民以祗肅登撤適以謹來睹
其終始乃拜手稽首爲詩六章章八句刻之祠廷之
石詩曰
高安在南分自豫章重山複江魚鳥之鄉俗野不文

吏亦怠荒禮失不知習爲舊常於穆聖祖宅神皇極
降鑒在下子孫千億羽衣玉佩旗纛旌節巍巍煌煌
秩祀萬國如日在天靡國不臨蕞雖小邦其有不歆
東廡西嚮誰肯營之民昏不知神以不懷深山之間
野水之濱禮樂聲明孰見孰聞祖廟之嚴君臣則存
失而不圖民以罔觀毛侯始來其則有意匪民之愚
禮教實墜章聞于朝帝曰俞哉弗改弗營何以示民
九峯之杉道遥之柟易直且修弗斲而堪新堂有嚴
四星在南朝廷之儀萬民所祇

齊州閔子祠堂記

歷城之東五里有丘焉曰閔子之墓墳而不廟秩祀不至邦人不寧守土之吏有將舉焉而不克者熙寧七年天章閣待制右諫議大夫濮陽李公來守濟南越明年政修事治邦之耋老相與來告曰此邦之舊有如閔子而不廟食豈不大闕公唯不知苟知之其有不飭公曰噫信其可以緩於是庀工爲祠堂且使春秋修其常事堂成具三獻焉籩豆有列儐相有位百年之廢一日而舉學士大夫觀禮祠下咨嗟涕洟有言者曰惟夫子生於亂世周流齊魯宋衛之間無所不仕其弟子之高第亦咸仕於諸國宰我仕齊子

貢冉有子游仕魯季路仕衛子夏仕魏弟子之仕者亦衆矣然其稱德行者四人獨仲弓嘗爲季氏宰其上三人皆未嘗仕季氏嘗欲以閔子爲費宰閔子辭曰如有復我者則吾必在汶上矣且以夫子之賢猶不以仕爲汙也而三子之不仕獨何歟言未卒有應者曰子獨不見夫適東海者乎望之茫洋不知其邊即之汗漫不測其深其舟如蔽天之山其帆如浮空之雲然後履風濤而不僨觸蛟蜃而不讋若夫以江河之舟楫而跨東海之難則亦十里而返百里而溺不足以經萬里之害矣方周之衰禮樂崩弛天下大

壞而有欲救之譬如涉海有甚焉者今夫子之不顧而仕則其舟楫足恃也諸子之汲汲而忘返蓋亦有陋舟而將試焉則亦隨其力之所及而已矣若夫三子願爲夫子而未能下顧諸子而以爲不足爲也是以止而有待夫子嘗曰世之學柳下惠者未有若魯獨居之男子吾於二子亦云衆曰然退而書之遂刻於石

上高縣學記

古者以學爲政擇其鄉閭之俊而納之膠庠示之以詩書禮樂揉而熟之既成使歸更相告語以及其父

子兄弟故三代之閒養老饗賓聽訟受成獻馘無不由學習其耳目而和其志氣是以其政不煩其刑不瀆而民之化之也速然考其行事非獨於學然也郊社祖廟山川五祀凡禮樂之事皆所以爲政而教民不犯者也故其無曰政者君之所以藏身蓋古之君子正顏色動容貌出詞氣從容禮樂之間未嘗以力加其民民觀而化之以不逆其上其所以藏身之固如此至於後世不然廢禮而任法以鞭朴刀鋸力勝其下有一不順常以身較之民於是始悍然不服而上之人親受其病而古之所以藏身之術亡矣子游

爲武城宰以弦歌爲政曰吾聞之夫子君子學道則愛人小人學道則易使也夫使武城之人其君子愛人而不害其小人易使而不違則子游之政豈不綽然有餘裕哉上高筠之小邑介於山林之間民不知學而縣亦無學以詔民縣令李君懷道始至思所以導民乃謀建學宮縣人知其令之將教之也亦相帥出力以繕其事不逾年而學以具奠享有堂講勸有位退習有齋膳浴有舍邑人執經而至者數十百人於是李君之政不苛而民肅賦役獄訟不誘其府李君喜學之成而樂民之不犯知其爲學之力也來記

其事告後以不廢乎亦嘉李君之爲邑有古之道其所以得於民者非復世俗之吏也故爲書其實且以志上高有學之始元豐五年三月二十日眉山蘇轍記

京西非路轉運使題名記

惟京西於諸路地大且近西舉鞏洛北兼鄭滑南杈陳許蔡汝唐鄧申息胡沘淩淫秦楚之交翕引河汴縈阻淮漢出入數千里土廣而民淳鬬訟簡少盜賊希闊外無蠻夷疆場之虞内無兵屯餽饟之勞爲吏者常閒暇無事然其壤地瘠薄多曠而不耕户口寡

少多惰而不力故租賦之入於他路爲最貧每歲均
南饋北短長相補以給軍吏之奉故轉運使之職於
它路爲最急雖然事止於自治而無外憂財止於自
足而無外奉則雖貧而可以爲富雖急而可以爲佚
也熈寧之初朝廷始新政令其細布在州縣而其要
領轉運使無所不總政新則吏有不知事遽則人有
不辦當是時也轉運使奔走於外咨度於内日不遑
食由是京西始判而鄭滑升於畿内自某某若干州
爲南自某某若干州爲北南治襄陽北治洛陽殿中
丞陳君知儉自始更制而投畢常平既而爲轉運判

官復爲副使以領北道始終勞瘁寘功最力將刻名於石以貽厥後而觀瞻前人泯焉未紀乃按典籍以求遺放自開寶以來得若干人而君之祖考伯父三人在焉嗚呼盛哉夫若干人者遠矣其詳不可得而知然其遺風餘澤故老猶有能道之者孟子有言誦其詩讀其書不知其人可乎是以論其世也若夫政之去取地之合離與其人之在是者後世將有考焉是以具載於此熙寧六年十月日記

齊州濼源石橋記

濼水之源發於城之西南山下北流爲埕其淺可揭

城之西門跨而爲橋自京師走海上者皆道於其上每歲霖雨南山水潦暴作匯於城下橋不能支輒敗熙寧六年七月不雨明年夏六月乃雨淫潦繼作橋遂大壞知歷城施君辯言於府曰水歲爲橋害請爲石橋以紓其役距城之東十五里有廢河敗堰焉其棄石鐵可取以爲用府用其言以告轉運使得錢二十七萬以具工廩之費取石於山取鐵於府取力於兵自九月至十一月而橋成民不知焉三跌二門安如丘陵驚流循道不復爲虐方其未成也太守李公日至於城上視其工之良窳與其役之勞佚而勸相

之知歷城施君實具其材兵馬都監張君用晦實董
其事橋之南五里有大溝焉屬於四澗以殺暴水之
怒又隳不治於是疏其堙塞築其缺而完之橋之西
二十步有溝焉居民裴氏以石壅之而坐於其上水
不得洩則橋受其害亦使去之皆如其舊而止又明
年水復至橋遂無患從事蘇轍言曰橋之役雖小也
然與時郡縣之役其利與民共者其費得量取於民
法令寬簡故其功易成今法嚴於卹民一切仰給於
官官不能甚辦郡縣欲有所建其功比舊實難非李
公之老於爲政與二君之敏於臨事橋將不就夫橋

之役雖小然其勞且難成於舊則倍不可不記也遂爲之記

光州開元寺重修大殿記

古之循吏因民而施政有餘者損之不足者與之興其所欲而廢其所患苦順其風俗之宜而吾無作焉故文翁治蜀立之學官龔遂治渤海督之耕牛衛颯治桂陽教之嫁娶茨充代颯誨之織穫此四人者非其強民也民之所欲而莫爲之勸盼盼相視不能以自致非得賢長吏以時挈持而振理之使之得其所願以相生養則民至老死不見風俗之備然而蜀之

學官施於齊魯之邦則玩渤海之耕牛試於邠郃之野則厭衞之嫁娶茨之織纏行之華夏之國亦未免於非且笑也故爲治者亦覘其俗乘其時使民宜之蓋無所必爲亦無所必置也弋陽郡居長淮之西地僻而事少田良而民富朝散大夫彭城曹公受命作守因俗爲政安而不擾誅其豪強而佑其善良民化服之始至訪其士民問其所欲爲咸曰吾郡旣庳且富所不足者非財也而浮屠老子之宫室貌象庳陋廢圮民不信鄉父兄竊議以不若四鄰爲愧而吳或先也公曰是無難也民所不欲吾不敢爲苟誠欲之

不成非患也乃召其徒而語之故民勸其令相師從事不三年而有成天慶道士治三清北極聖祖諸殿清净嚴肅朝謁有所而開元僧明偕新其大殿趣功勤力先告工具棟楹峻峙尾甓緻密爲佛菩薩衆像尊嚴盛麗儼若在世士女和會耋孺咸喜稽首祈福如慰如慕蓋殿始作於至道丙申而復新於元豐癸亥中間寂寥八十八年然後民獲就其志嗚呼循吏之跡闊而政之難成其又如此明偕知民之悅故以告於公請記其事而刻諸石公以書來屬余余考之循吏傳以爲當書故記之不辭五月初五日記

筠州聖壽院法堂記

高安郡本豫章之屬邑居溪山之間四方舟車之所不由水有蛟蜃野有虎豹其人稼穡漁獵其利梗稻竹箭楩柟茶楮民富而無事然以其嶮且遠也士之行乎當時者不至於其間元豐三年余以罪遷焉既至幸其風氣之和飲食之良飽食而安居怨焉不知嶮遠之為患然以有罪故法不得釋宮而遊間獨取郡之圖書考其風俗人物之舊然後信其宜為余之居也昔東晉太寧之間道士許遜與其徒十有二人散居山中能以術救民疾苦民尊而化之至今道士

比已州爲多至於婦人孺子亦喜爲道士服居儀鳳
中六祖以佛法化嶺南再傳而爲祖興於江西於是
洞山有价黃檗有運眞如有愚九峯有虔五峯有觀
高安雖小邦而五道場在焉則諸方遊談之僧接迹
於其地至於以禪名精舍者二十有四此二者皆他
方之所無予乃以罪故得燕而有之余既少而多病
壯而多難行年四十有二而視聽衰耗志氣消竭夫
多病則與學道者宜多難行與學禪者宜既與其徒
出入相從於是吐故納新引挽屈伸而病以少安照
子諸妄還復本性而憂以自去洒然不知網罟之在

前與桎梏之在身孰知夫險遠之不爲己安而流徙之不爲己幸也哉然郡之諸山近者數十里遠者數百里皆非余所得往獨聖壽者近在城東南隅每事之間輒往遊焉其僧省聰本綿竹人少治講說晚得法於浙西本禪師聽其言亹亹不勌郡人有吳智訥者治生有餘輒盡之於佛既爲僧堂之後室又爲聰治其法堂皆極壯麗凡材甓金漆皆具於智訥堂成聰以余遊之亟也求余爲記余亦喜聰之能以其法助余也遂爲記其略四年六月十七日

廬山棲賢寺新修僧堂記

元豐三年余得罪遷高安夏六月過廬山知其勝而不敢留留二日涉其山之陽入棲賢谷中多大石岌嶪相倚水行石間其聲如雷霆如千乘車行者震掉不能自持雖三峽之嶮不過也故其橋曰三峽渡橋而東依山循水水平如白練橫觸巨石匯爲大車輪流轉洶湧窮水之變院據其上流右倚石壁左俯流水石壁之趾僧堂在焉狂峯怪石翔舞於簷上杉松竹箭橫生倒植葱蒨相糾每大風雨至堂中之人疑將壓焉問之習廬山者曰雖茲山之勝棲賢蓋以一二數矣明年長老智遷使其徒惠遷謁余於高安

曰吾僧堂自始建至今六十年矣尾敗木朽無以待
四方之客惠遷能以其勤力新之完壯邃密非復其
舊願爲文以志之余聞之求道者非有飲食衣服居
處之求然使其飲食得充衣服得完居處得安於以
求道而無外擾則其爲道也輕此古之達者所以必
因山林築室廬蓄蔬米以待四方之遊者爾二遷之
所以實力而不懈也夫士居於塵垢之中紛紜之變
日遘於前而中心未始一日忘道況乎深山之崖野
水之垠有堂以居有食以飽是非榮辱不接於心耳
而忽焉不省也哉孔子曰朝聞道夕死可矣今夫騁

騖乎俗學而不聞大道雖勤勞没齒余知其無以死也苟一日聞道雖即死無餘事矣故余因二遷之意而以告其來者夫豈無人乎哉四年五月初九日眉陽蘇不記

杭州龍井院訥齋記

錢塘有大法師曰辯才初住上天竺山以天台法化吳越吳越人歸之如佛出世事之如養父母金帛之施不求而至居天竺十四年有利其富者迫而逐之師忻然捨去不以爲恨吳越之人溯流而從之者如歸市天竺之衆分散四去事聞於朝明年俾復其舊

師黽俛而還如不得已吳越之人爭出其力以成就
廢缺衆復大集無幾何師告其衆曰吾雖未嘗爭也
不幸而立於爭地久居而不去使人以已是非彼非
沙門也天竺之南山山深而木茂泉甘而石峻汝舍
我我將老於是言已策杖而往以茅竹自覆聲動吳
越人復致其所有鑱嶮堙圮築室而奉之不期年而
荒榛巖石之間臺觀飛湧丹堊炳煥如天帝釋宮師
自是謝事不復出入高郵秦觀太虛名其所居曰訥
齋道潛師參寥告予爲記予聞之師始以法教人叩
之必鳴如千石鐘來不失時如滄海潮故人以辯名

之及其退居此山閉門燕坐寂嘿終日葉落根榮如冬枯木風止波定如古澗水故人以訥名之雖然此非師之大全也彼其全者不大不小不長不短不垢不淨不辯不訥而又何以名之雖然樂其出而高其退喜其辯而貴其訥此衆人意也則其以名齋也亦宜系之以詞曰

以辯見我　既非見我　以訥見我　亦幾於妄
有叩而應　時止而止　非辯非訥　如如不動
諸佛既然　我亦如是